MATHIEU DESLANDES

TOMBÉ DU CIEL

BERNARD GRASSET
PARIS

Photo de la bande : JF Paga

ISBN 978-2-246-83471-7

« Il faudrait inventer un temps grammatical, une conjugaison pour parler des morts au présent sans avoir l'air fou. »

Nathalie Léger, *Suivant l'azur*

« Les morts existent deux fois : dehors, avant et, ensuite, dedans. Peut-être même que leur existence seconde l'emporte en étendue et en vigueur sur la première. »

Pierre Bergounioux, *La Toussaint*

I.

Combien de fois ? Combien de fois ai-je embrassé cette joue froide ? Courbé sur ce visage immobile, ces paupières closes, je tendais mes lèvres d'enfant. Juste avant, ma main dans celle de ma mère, j'avais récité une prière et torturé une fleur.

Je ne sais plus si j'étais triste. En revanche, je me souviens très bien de la sensation de fraîcheur sur ma bouche. C'était aussi agréable que de se coller à la porte-fenêtre de ma chambre pour y gober la nuit. Je ne distinguais pas la couronne d'épines. Penché sur cette joue de bronze, c'est toi que j'embrassais.

La plaque sculptée me semble si petite aujourd'hui sur le marbre. Avant, il y en avait une seconde, lourde, blanche, éblouissante. Des parents de la crèche s'étaient cotisés pour exprimer leur chagrin. J'ignore quand elle a disparu. A-t-elle été brisée par une tempête ? Quelqu'un l'a-t-il empruntée pour garnir une tombe un peu trop vide ? Si ça se trouve, ton voisin d'en face n'est pas le récipiendaire légitime de l'hommage d'anciens combattants à leur frère d'armes. Il n'a pas servi en Tunisie, il n'est pas devenu cheminot, on peut même imaginer qu'il n'ait jamais été ce cruciverbiste chevronné salué d'une grille de Scrabble où se croisent l'affection, la pensée et le souvenir (ce dernier mot compte double).

Peut-être les cimetières sont-ils remplis d'identités usurpées, de biographies recomposées par des poètes ou des esprits vengeurs. Offrir une fratrie à des enfants uniques, des amis chers à des êtres morts de solitude, ajouter deux ou trois épisodes heureux à des existences cousues de drames : une manière comme une autre de repousser l'apparition de l'écriteau des services municipaux qui, pour la forme, prient *toute personne susceptible de communiquer des renseignements sur cette tombe abandonnée de se présenter à la mairie avant de la relever.*

Lorsque le cimetière a débordé sur les champs mitoyens, une nouvelle entrée a été aménagée, ainsi qu'un parking. Les allées ont été baptisées comme au parc floral. Reconvertis en arrosoirs de fortune, les bidons de Soupline ont été remplacés par des jerricanes standardisés, tandis que le patchwork de marbres noirs-bleus-gris est désormais ponctué de pierres roses où s'épanouissent, aux côtés de chatons et d'angelots, des épitaphes puisées dans les refrains du moment. Le sable, lui, n'a pas changé. Du gros grain qui crisse sous la semelle.

Depuis que je viens seul ici, j'emprunte toujours le même itinéraire : une fois franchi l'ancien portail, je descends l'allée des myosotis, je tourne à gauche dans celle des lupins, puis je m'engage, à main droite, dans la troisième rangée. La tienne.

Autrefois, ta sépulture se repérait de loin : un arbuste touffu s'élevait sur l'emplacement voisin. Enfant, la croissance de cette plante si vivante me terrifiait. J'étais certain que ses racines tentaculaires risquaient de perforer ton cercueil. Ou alors, elles allaient finir par soulever ta stèle et dévoiler ce qui doit rester caché – profanation végétale.

Aujourd'hui, la vie n'est plus une menace. Le gros arbuste a été arraché. À la place, on a mis tes parents.

Je ne sais plus quand j'ai cessé d'embrasser le Christ. Sans doute quand j'ai cessé de vous confondre, tous les deux : mon père qui es au ciel et Notre Père qui êtes aux cieux. Pour moi, vous vous unissiez dans une même présence invisible, une entité aimante et barbue qui, la trentaine venue, avait quitté la Terre et m'accompagnait désormais d'une façon particulière. Les adultes et leur compassion mal dosée me confortaient dans la conviction d'être un enfant à part. Ils avaient le regard humide et la voix en coton. Ils chuchotaient dans mon dos. Ils devaient s'en douter : ce n'est pas tous les jours facile d'être le fils de Dieu.

Plus tard, je t'ai perçu comme un possible intercesseur (la cohabitation céleste devait faciliter les choses). Je n'ai jamais douté de ta résidence au Paradis. Comment aurais-je pu ? Pas une fois, il ne m'a été donné d'entendre dire du mal de toi. Pas la moindre réserve. Pas la moindre allusion à un petit défaut. Ta mort a fait de toi un saint.

Ça m'a sauté aux yeux, l'autre soir, dans la cuisine de Blandine. Elle nous avait invités à découvrir sa maison de campagne. Nous avions prévu de rester deux nuits, nous ne voulions pas nous imposer, nous roulerions ensuite tranquillement vers Bruxelles. Il faisait déjà noir quand nous nous sommes garés, le jardin restait mystérieux, mais le lendemain, au réveil, il était évident qu'il serait difficile de s'arracher à tant de beauté. Chaque matin, le piston à peine enfoncé dans la cafetière, notre départ était repoussé de vingt-quatre heures. Bruxelles pouvait bien attendre.

Le cinquième jour, les mains occupées à couper des rondelles de saucisson, j'ai confié à Blandine que j'admirais sa capacité à prendre des décisions déterminantes et à façonner sa propre vie. Elle a choisi d'en rire : Tout le monde n'a pas la chance d'être orphelin !

Puis elle a abandonné son verre de mercurey, elle voulait prendre une douche. Je suis resté seul dans la cuisine, face à une carte d'écolier, les yeux fixés sur les bizarreries du carrelage où l'on pouvait suivre le tracé de cloisons disparues. Blandine avait neuf ans quand sa mère est morte, dix-huit quand son père a suivi, et elle a compris d'emblée que son statut d'orpheline lui octroyait une infinie liberté. C'est ce qu'elle m'a expliqué, plus tard dans la soirée. Le manque était là, bien sûr, mais il n'était plus question de suivre un modèle ou de s'y opposer. Il n'y avait qu'à vivre et inventer. Il n'y avait qu'à éprouver cette force singulière que le vide pouvait offrir, et cette force, elle l'avait perçue en moi.

J'étais ému. Ému et contrarié. Je me reconnaissais dans les mots de Blandine mais je n'avais jamais envisagé ton absence comme une chance. Cette pensée, je crois, m'a heurté. J'ai entrepris de la chasser en comptant les flammèches qui fusaient dans la cheminée. À la troisième étoile filante, je me suis trouvé envieux : j'aurais aimé, moi aussi, me sentir délesté du poids de l'héritage. Mais je n'ai pas eu le temps de l'éprouver, ce poids. De me demander si j'aurais préféré prendre le contre-pied ou mettre mes pas dans les tiens.

En arrivant à Bruxelles, le lendemain, il m'est soudain apparu que je ne te connaissais pas.

II.

J'exagère.

Je sais que tu es né en 1953.

Tu te prénommais Philippe Théodore René.

Tu as grandi à Ingré, département du Loiret.

Tu étais couvreur.

Tu étais brun, pas très grand, un air de Patrick Dewaere.

Tu as porté la barbe ; bébé, je glissais mes doigts dedans.

Tu as fumé la pipe.

Jeune homme, tu as fait du camping sauvage avec ma mère. Un matin, un Allemand ivre vous a fait peur.

À votre mariage, tu portais un costume gris.

Tu as fait partie d'une chorale. À mon baptême, tu as interprété *Prendre un enfant*, la chanson d'Yves Duteil.

Tu as construit pour moi un petit cheval de bois. (Je l'ai toujours.)

Aux fiançailles de mon parrain, tu as fait rire l'assemblée en déclamant la recette des œufs à la coque. (Quand je me suis marié, on m'a offert ton texte.)

Tu possédais un pull-over jaune et un cylindre de la même couleur pour faire des tours de magie.

Tu savais jouer de l'harmonica.

Tu avais un souffle au cœur.

Tu es mort en 1983.

III.

Mon fils venait d'avoir cinq ans. Il nourrissait des marottes successives, régulièrement pourvu en nouveaux centres d'intérêt par l'Éducation nationale (les dieux grecs, les pharaons) et les dessins animés (les ninjas, les dragons).

Un mercredi, absorbé par l'organisation d'un grand tournoi de figurines, il mobilisait des chevaliers, un pompier, des pirates, Spider-Man et deux légionnaires romains. Les plus chanceux disposaient d'un cheval ou d'un dragon. Les autres combattants devaient se contenter de montures moins conventionnelles : un mouton, une coccinelle obèse, une girafe borgne. J'avais été réquisitionné pour évacuer les blessés à bord d'un vaisseau spatial médicalisé. Les forces étaient inégales et, sur le parquet, les cadavres s'accumulaient.

À un moment, le combat s'est déplacé sur une tour érigée au pied du canapé. Armé d'un gourdin laser, un Playmobil en heaume et cotte de mailles semblait sur le point de défaire ses derniers adversaires quand un pirate, brusquement remis de ses blessures, réussit à chevaucher un dragon et à s'élever dans les airs avant de précipiter du haut de sa tour le preux chevalier. J'ai constaté son décès sur le champ de bataille. Puis James m'a demandé si c'est bien comme ça que tu étais mort.

Il y a eu d'autres interrogations. Ton petit-fils a voulu savoir si tu courais vite au foot et si tu avais connu Napoléon, s'il y avait des couleurs à ton époque et si tu avais déjà pris l'avion. Il a voulu savoir si tu avais fait la guerre et si tu portais des lunettes quand tu étais petit. Si tu aimais la tour Eiffel, les pâtes au beurre et *Toy Story*.

Je n'avais pas réponse à tout. C'était bizarre et libérateur. Mon petit garçon me fournissait le meilleur des prétextes pour questionner à mon tour. Ma mère. Ta sœur. Tes copains.

parler à son fils de sa gd-père a jouer
au + playmobil
↳ heaume et cotte de maille
pcpité par un pirate sur un dragon
→ mort sur chp de bataille
→ James a ddé si c'est bien co-ça que tu
étais mort + si tu courais vite au foot et
si tu avais connu Napoléon, s'il y avait des
couleurs à ton époque

IV.

Tu es né bleu. On t'a mis sous oxygène et placé sous observation. Au bout de quatre jours, on t'a rendu à ta mère que l'on avait oublié de rassurer. Elle s'était imaginée qu'on t'opérait du cœur. Tu avais simplement peiné au passage, lui a-t-on expliqué.

Au début, tu n'as pas de sœur. Claudine est née seize mois avant toi mais elle ne vit pas avec vous. Jusqu'à l'âge de cinq ans, elle réside à Orléans, chez Rachel, ta grand-mère maternelle. C'est un arrangement.

Après leur mariage, en mars 1951, tes parents n'ont pas trouvé d'appartement. Moyennant une participation aux frais, Rachel, qui était veuve depuis peu, a proposé de les héberger le temps qu'il faudrait, pas mécontente de pouvoir régenter encore un peu la vie de sa fille unique et de ce grand type de la campagne – beau, peut-être, mais bâtard, et sans le sou – qu'elle s'était choisi pour mari.

Quand ils reparleraient de cette période, plus tard, les trois protagonistes s'accorderaient au moins sur un point :

ils avaient vécu l'enfer. Rachel ne pouvait souffrir son gendre. On avait beau lui expliquer qu'il était chauffeur de chaudière dans l'immense usine Michelin qui venait d'ouvrir à La Chapelle-Saint-Mesmin, elle continuait à le considérer comme un garçon vacher qui avait prétendu pouvoir s'élever au rang de CRS et qui, par deux fois, avait raté le concours d'entrée dans la police. Alors ta mère faisait tampon. Elle avait l'habitude : elle avait déjà joué ce rôle entre ses parents, qui se vouaient un amour volcanique.

Les mois passant, la quête d'un nouveau logement est devenue une obsession pour ton père. Le 30 décembre 1951, Claudine est née à Orléans. La nuit suivante, la tante Juliette est morte dans le Jura. Veuve d'un facteur lyonnais, sans enfant, Juliette Gagea passait pour riche bien au-delà des frontières du hameau de Vogna et suscitait la convoitise d'une cour d'obligés qui s'était formée autour d'elle, guettant son trépas tout en espérant rester jusqu'au bout dans les bonnes grâces de la vieille dame qui, pas folle, laissait dire qu'elle révisait son testament à un rythme hebdomadaire.

Quand elle est morte, une petite foule s'est présentée chez le notaire. Stupeur au village : il n'y avait pas de testament. Ta mère, sa petite-nièce, était sa seule héritière. Lorsque ton père est venu prendre possession de la villa, les scellés avaient été arrachés. La maison avait été fouillée de fond en comble par tous ceux qui, dans le voisinage, estimaient qu'une part de l'héritage devait leur revenir. Seuls quatre louis d'or, sans doute mieux cachés que le reste, leur avaient échappé.

Le jardin était grand, la forêt toute proche, et Rachel si loin. Il était tentant pour tes parents d'y prendre racine. Mais il aurait fallu emprunter pour payer les droits de succession. Ils ont mis la villa en vente, sont rentrés chez Rachel et ton père a continué à faire les trois-huit chez Michelin.

Au début du printemps 1953, juste avant ta naissance, ta mère a quitté son poste de sténo-dactylo chez Aubert, opticien en gros. On pouvait tolérer qu'une fille de militaire continue à travailler avec un enfant ; l'arrivée du deuxième imposait de rejoindre les rangs des femmes convenables.

Quand il débarque à la clinique, ton père sort de son blouson une serviette pleine de papiers à signer. Avec l'argent de la villa jurassienne et un prêt sur quinze ans, il veut acheter un vieux bâtiment agricole repéré à la sortie d'Ingré. Il en a visité, des bâtisses à retaper. Mais là, c'est une affaire. Surtout, cette terre lui est familière. Si l'on traverse, pendant une bonne heure, un champ après l'autre, on finit par arriver à Beaurepaire, le pays où il a grandi et où vit toujours sa mère.

Sa femme, parfaite citadine, est réticente à l'idée de quitter la ville. Elle ne sait pas ce qui la chagrine le plus : s'éloigner de ses amies Odette et Marcelle, renoncer aux opérettes le dimanche après-midi à l'Alhambra, ne plus respirer l'odeur du lilas blanc qui monte à sa fenêtre... Alors ton père lui promet tout le confort moderne. Pendant deux ans, il y passe toutes ses heures de repos, transformant peu à peu cette grange en habitation.

Ta grand-mère Rachel exprime tout le mal qu'elle pense de cet exil. À ses yeux, ce retour à la terre est un avilissement. Mais elle ne s'avoue pas vaincue : tandis que tes parents s'installent dans un logement provisoire à proximité du chantier, elle garde avec elle Claudine, sa petite-fille, son otage.

Il ne manque que le chauffage quand vous emménagez rue de la Gare. L'électricité dans toutes les pièces, les toilettes dans la maison, une salle d'eau avec douche, une gazinière pour la cuisine... Ta mère en convient : c'est assez spectaculaire. Mais ce qui finit par emporter son adhésion se trouve dans la cour. Sans rien dire, ton père y a transplanté une branche du lilas blanc d'Orléans.

V.

Aux portes de l'usine, c'était l'Amérique. Il y avait l'hôpital militaire américain, la maternité américaine, une école américaine, la blanchisserie de l'armée américaine et, logés dans plusieurs bâtiments, des centaines de soldats américains. Tu as entendu des adultes leur reprocher leurs bagnoles rutilantes et la flambée des loyers, mais le souvenir de la Libération restait vivace et l'ogre soviétique donnait des frissons alors les Ricains, on faisait avec.

Parce qu'on ne peut tout de même pas danser le rock'n'roll tous les soirs, les boys, pour se distraire, adoptaient parfois un chien, qu'ils laissaient derrière eux quand sonnait l'heure du retour à Brownsville, Eagle Mountain ou Des Moines.

Les animaux du quartier s'étaient passé le mot : en cas d'abandon, il convenait d'errer du côté de chez Michelin. Les ouvriers qui y travaillaient ne pratiquaient certes pas l'anglais mais ils avaient du cœur. Certains avaient des gosses à épater, d'autres cherchaient un compagnon. Et puis, ces chiens, c'était un peu de rêve américain. C'est ainsi que Rita est arrivée chez vous.

Ta mère m'a toujours dit : Rita, c'était une fête. Cette chienne s'est tout de suite sentie à l'aise parmi vous, et ton élevage de cochons d'Inde n'a pas tardé à susciter son intérêt. Ton père, qui n'avait pas imaginé que cette acquisition serait aussi divertissante, s'est empressé de lâcher les cobayes dans la cour et, flattant les instincts de chasseur du petit épagneul noir, s'est mis à hurler : Allez, course les rats, va chercher les rats ! Rita, qui entendait là ses premiers mots de français, a parfaitement compris ce qu'on attendait d'elle. Des cochons d'Inde, il n'est bientôt resté que les cadavres.

Ton père, alors, a ri. Il a démarré doucement, un peu nerveusement, petit moteur qui ronfle, puis les éclats sont devenus plus francs, de la joie en barre, un vrai rire d'enfant dans sa grosse voix, un rire plus fort que lui, un rire qui dissout dans l'espace l'usine et les traites et la belle-mère, et qui fait danser les arbres du verger.

Ta mère a fait mine de protester mais je parie qu'elle n'était pas mécontente de voir son mari si gai. Cet homme avait rarement le temps de rire et, à vrai dire, il n'était pas tout à fait sûr d'en avoir le droit.

Je t'imagine jouer avec Rita, avec ta sœur, avec tes copains. L'insouciance domine tes cinq ans. Je dois admettre que je t'envie. Je me revois, au même âge, promener ma gravité. Je suis trop sage et je joue peu.

J'observe les adultes pour décoder la vie. Dans la cour de l'école, je marche derrière les deux jupes longues des maîtresses chargées de surveiller la récré. J'étudie leurs hanches qui tanguent et font balancer le tissu. J'écoute leurs conversations et les tintements de leurs bracelets. J'essaye de reproduire leurs mouvements et leurs intonations. Je parle tout seul en tortillant du cul.

De temps en temps, une amoureuse s'échappe du groupe des filles et, d'un bisou, m'arrache à ma solitude. Mais à chaque fois, c'est pareil : elle postillonne des secrets puis exige que j'aille au magasin de graines pour lui faire un bébé. Je n'ose pas lui dire que je ne sais pas où est ce magasin alors je marche vers le fond de la cour. Là, tout près du grillage vert qui nous sépare de l'école primaire, se trouve un arbre au pied duquel des enfants armés de cailloux et de bâtons creusent entre les racines. Comme leurs frères et sœurs avant eux, ils essayent de dégager la grosse pierre blanche. Ils disent qu'un trésor est caché dessous. Certains prétendent qu'il est composé de pièces d'or, d'autres de diamants. Je les regarde faire.

Moi, je sais ce qui se trouve sous terre. Un trésor, mais pas comme ils l'imaginent. Je sais que le monde est bien organisé. Si tu es à la fois au ciel et au cimetière, c'est que tu peux voyager à ta guise. Vous, les enterrés, vous devez avoir des voies spéciales pour circuler, et des zones où stationner au plus proche des vivants sur qui vous veillez. Je veux croire que cette pierre blanche a été placée là pour toi, pour que tu sois près de moi.

Quand les chercheurs d'or s'éloignent, je m'accroupis au pied de l'arbre et je te parle tout bas. Je sais que tu m'entends, les adultes me l'ont dit. Mais tu ne réponds pas. Dans leurs déambulations, jamais les maîtresses n'abordent ce genre de mystère et mon amoureuse suggère que je me renseigne au magasin de graines. Mes doutes enflent. Ai-je mal agi pour que tu me boudes ? Et puis, un jour, tout s'éclaire : personne ne peut parler la bouche pleine de terre.

VI.

Derrière chez toi se dresse une gare de marchandises. Derrière la gare, un entrepôt abrite des stocks de pneus. Puis, à perte de vue s'égrène un chapelet de champs. C'est là que tu joues, avec ta sœur Claudine et les enfants du quartier. Il suffit d'être deux pour lancer une partie de cache-cache. Quand les copains débarquent, se tapotant la bouche d'un air de défi, tu agites un lasso imaginaire pour capturer un chef à plumes ou une squaw intrépide. Si les Indiens sont las de leur condition, vous troquez les stetsons contre des képis, les ponchos contre des cagoules de braqueurs. Hold-up et course-poursuite dans les blés. Les épis se couvrent d'onomatopées.

Ces champs sont un réservoir infini de rôles et d'histoires. Vous vous y engouffrez, bataillon en culottes courtes, brûlant les heures loin du monde des adultes, regagné simplement le temps d'une halte, l'immanquable goûter, quatre carrés de chocolat coincés dans la mie d'un pain démesuré.

On ne vous voit jamais marcher. Vous ne savez que courir. Après les papillons, que vous tentez d'attraper entre vos mains. Ou vers de nouvelles aventures. Vous improvisez un rallye auto dans les épaves abandonnées au pied de la gare. Dans l'entrepôt, vous tentez l'ascension d'un mont Blanc en caoutchouc.

Un jour, tu as sept ans, un tombereau de paysan est stationné sur le terrain. Le plus hardi de la bande l'escalade. Il lève les bras, crie qu'il touche le ciel. Les autres suivent, étendent leurs phalanges très haut. Certains protestent, ils ne sentent rien au bout de leurs doigts. Vous décidez d'apprendre à voler. Deux pas d'élan, élévation, trois mètres de chute, atterrissage dans la paille. Vous grimpez à nouveau sur l'engin et vous recommencez. Vous battez des bras avec application. Plus haut, plus loin. Encore. Encore. Encore.

Et puis tu te rates. De toutes tes forces, tu heurtes le bras en ferraille du tombereau. Ça fait rire quelques secondes, mais tu hurles comme un nouveau-né. Tu t'es brisé le poignet. Tu cries parce que tu as mal, parce que le jeu s'arrête, parce que des adultes vont devoir s'en mêler. Ta sœur t'escorte à la maison, d'où tu repars aussitôt avec ta mère pour le cabinet du docteur Vincent, route Nationale. Te voilà dans le plâtre pour trois semaines. Fini de jouer.

Ce n'est pas à moi qu'un truc pareil aurait pu arriver. Grâce à toi, je sais que la vie est précaire, et que la gravité tue. J'ai passé mon enfance à éviter de grimper aux arbres (ma mère avait assez pleuré comme ça) et à boire d'affolantes quantités de lait pour fortifier mes os. J'aurais voulu être un airbag. À vélo, j'évitais de faire la course. À la piscine, mon corps refusait de plonger. Gandhi de cour d'école, je fuyais les bastons. Ni foot ni rugby, trop risqué. Résultat : je ne me suis jamais rien cassé.

La nuit, au sommet du lit superposé, des cauchemars composaient des variations sur mon obsession pour les chutes. Le jour, je me réfugiais dans les livres. Je ne sais pas si je préférais vraiment lire ou si c'était un subterfuge pour ne pas mourir. Dans cette frousse immense, je me suis privé de camaraderies et de sensations fortes. De l'aisance naturelle de ceux qui savent habiter leur corps. Je ne cesse de me demander comment tu m'aurais élevé, vers quoi tu m'aurais poussé. Aurais-je été radicalement différent ?

Pendant des mois, j'ai craint de transmettre à mon fils ma prudence excessive. L'époque ne m'encourageait pas exactement à l'audace. Dans le quartier, pas un gamin ne circule en trottinette sans être bardé de coques en polyéthylène tapissées de renforts en mousse. Les mètres carrés de ville réservés aux enfants sont recouverts de revêtements amortissants. Hier, au square, James s'est juché sur le toit de la maisonnette et tandis que mes prunelles se teintaient de vertige, je l'ai vu exulter.

VII.

Les règles sont simples. Pour arriver à l'heure, tu ne dois pas faire de détour. Tu dois garer ton vélo dans un jardin de la rue du Château d'eau et terminer à pied. Puis tu dois te ranger, sans bavarder. Tu dois méditer la maxime du jour en silence, lever le doigt de temps en temps et, surtout, éviter les taches d'encre.

Le maître prêche l'amour du travail et celui du sol natal. Il glorifie la tempérance et la sincérité, la modestie et la bonté, le courage et la tolérance. Tu apprends l'histoire de France, sa géographie, les quatre opérations. Tu apprends que quelques observations bien conduites valent mieux que l'examen superficiel de nombreux faits. Tu apprends à décrire une gravure, à couvrir un livre, à faire un paquet, à dessiner de mémoire, à découper à la scie. Tu apprends à confectionner des solides en carton : des cubes, des parallélépipèdes rectangles, des prismes droits, des cylindres de révolution. Tu apprends à conjuguer les verbes à tous les temps mais personne n'emploie jamais le futur. On vous laisse le temps d'être des enfants.

Tu n'es pas fauteur de troubles, tu n'es pas brillant non plus. Tu es souvent dans la lune. Les yeux fixés au faux plafond, tu te poses des questions. Pourquoi vous impose-t-on de cirer vos bureaux avant les vacances sachant qu'il faudra le refaire à la rentrée ? Quels exploits ce fameux Sergent Major a-t-il accompli pour que l'on donne son nom à vos plumes ? Pourquoi dit-on du tableau qu'il est noir alors que tu le vois vert ? Pourquoi le plafond rougit-il autour du tuyau du poêle ? Et pourquoi s'embrase-t-il, à présent ? Ce jour-là, lorsqu'il vous fait évacuer, le maître n'en mène pas large. Il apprend que les rêveurs sont aussi des vigies.

Les règles sont simples. Une bille en fer gagne contre une bille en terre. Il faut ramasser le palet à cloche-pied après avoir franchi la case où il se trouve. L'osselet rouge se lance en premier. Si le ballon envoyé par un adversaire te touche, tu es fait prisonnier ; mais si tu parviens à attraper le ballon avant qu'il ne retombe au sol, tu échappes à la prison. Une règle encore : si Chevalier approche, il va y avoir du grabuge.

Chevalier est le plus redouté des caïds de l'école – le maître dit : *les vedettes*. Chevalier est un géant doublé d'une énigme. Il a été exclu quelques semaines, après avoir giflé le directeur, mais il est déjà de retour. Face à lui, la parole est impuissante. Il ne connaît que la violence et la destruction. Quand il ravage vos jeux, quand il cogne au hasard, il ne semble même pas y prendre plaisir. Il n'a peur de rien ni personne. Pas même de Bottes-Rouges, cette longue silhouette maigre et claudiquante qui erre dans le bourg par tous les temps, et à qui certains parents menacent de livrer leurs enfants récalcitrants.

Bottes-Rouges. Vous ne prononcez pas son nom sans frémir. De sa veste côtelée, toujours la même, émerge un visage buriné, une barbe très noire, des yeux brillants qui vous terrifient. Quand vous l'apercevez, vous vous cachez. Vous croyez dur comme fer que son baluchon lui sert à capturer des écoliers, qu'il doit dévorer la nuit dans la forêt. Ses bottes ne sont-elles pas rougies par leur sang ?

J'ai envie de te rassurer. De t'annoncer que Chevalier va mal finir – les méchants ne gagnent jamais. De t'expliquer que Bottes-Rouges n'est pas un mauvais bougre ; qu'il transporte dans son baluchon des escargots qu'il ramasse et revend ; que s'il tangue autant c'est qu'il est saoul, tout le temps, d'où sa propension à s'effondrer sous les pommiers du bourg. J'ai envie de te rassurer mais nous savons tous les deux que c'est impossible – les règles sont simples.

Un loubard rural et un croque-mitaine local : ces deux personnages me fascinent et je suis ravi d'être tombé sur eux en partant à ta rencontre. Il m'en faut peu pour me laisser dévorer par la curiosité, par l'envie de reconstituer leur vie, alors je me surveille. Je me retiens d'enquêter.

Avant d'écrire ce livre, j'ai passé une année entière à commencer plusieurs romans. Tous étaient consacrés à des inconnus. J'avais découvert leur existence au hasard d'une conversation, d'une note de bas de page ou d'une archive de presse, et je m'étais aussitôt pris de passion pour eux au point de fouiller leur état civil, de visiter leurs habitations successives et de me lancer à la recherche de témoins qui les avaient côtoyés. J'ai enregistré des confessions, déterré des secrets. Et tandis que je violais l'intimité de ces inconnus, ils colonisaient mon esprit. J'étais dans leur peau, eux dans la mienne. Mais si, à la faveur d'un déjeuner où l'on échange des nouvelles, un ami m'interrogeait sur mon obsession du moment, j'étais bien en peine d'en détailler les raisons. Je bredouillais sans conviction qu'on ne sait jamais pourquoi on tombe amoureux d'un personnage, que c'est la beauté de la sérendipité, et la joie même de la création de se laisser traverser par ce qui vient… Les yeux de cet ami replongeaient poliment dans son assiette et l'on n'en parlait plus.

J'étais incapable d'expliquer pourquoi je m'étais entiché d'une alpiniste chevronnée, d'une strip-teaseuse finlandaise, d'un jeune reporter fou d'urbanisme et d'un flic ordinaire.

Aussi étrange que cela puisse paraître, le point commun entre ces destins ne m'est apparu que très récemment. L'alpiniste était tombée de sa montagne et la strip-teaseuse de son balcon ; le reporter s'était jeté du dernier étage de la tour Montparnasse ; quant au policier, il s'était écrasé en parachute sur une plage de la Côte d'Albâtre. Chacune de ces vies s'achevait sur une chute fatale et un cadavre démantibulé.

Effaçant mes brouillons, j'ai renoncé à ces détours chimériques et rendu ces morts à leur anonymat. Autant affronter ta chute, la chute primitive. La seule qui m'importait vraiment.

Chacune de ces vies s'achevait sur une chute fatale et un cadavre démantibulé

→ autant affronter ta chute, la chute primitive. La seule qui m'importait vraiment

VIII.

La cloche a sonné. Dans la classe, les pieds de chaise raclent le sol et les épaules s'entrechoquent. Chevalier raconte qu'il a trouvé le moyen de regarder la télévision sans payer. Dans le monnayeur fixé à l'appareil de location, il glisse toujours la même pièce, qu'il a trouée avec un foret et attachée à de la ficelle afin de pouvoir la récupérer. Tu n'oserais jamais faire une chose pareille, Claudine non plus. D'abord parce que vous préférez que le martinet reste rangé dans le buffet. Ensuite parce que votre mère vous laisse volontiers vous installer devant le poste le jeudi, le samedi et le dimanche, quand le catéchisme est su et les devoirs achevés. Au moins, pendant ce temps-là, vous ne vous disputez pas : sous votre toit, le téléviseur diffuse sa paix en noir et blanc.

Avant, vous alliez regarder *Rintintin* chez les Tavernier. La possession précoce d'un téléviseur avait nimbé cette famille d'un halo de modernité que tous les ouvriers de Villeneuve leur enviaient. À Ingré, Villeneuve est un monde à part. Les gens disent : Villeneuve, c'est plus civilisé. Cette expression évoque aussi bien la profusion de commerces que l'animation des rues, le souvenir persistant du tramway de 1900 et les pavés de l'ancienne route royale qui dorment sous le coaltar de la nationale. Villeneuve se retrouve à l'église le dimanche (sauf tes parents : à l'heure de la messe, ta mère cuisine et ton père ronfle encore). Villeneuve veut profiter du progrès avec ardeur. Villeneuve suivrait le Général en enfer.

De part et d'autre du ruban de goudron, des maisons de ville s'élèvent sur de vastes caves, vestiges d'une petite prospérité enracinée siècle après siècle dans la vigne. Le phylloxéra avait en son temps répandu la ruine et la désolation mais une partie du vignoble avait résisté au puceron ravageur. Les vieux se souviennent qu'il était composé de rayon d'or, de gris meunier, de gaillard, d'oberlin et de baco. Des deux premiers cépages, on savait tirer une aimable piquette ; des trois suivants, un excellent vinaigre.

Chaque année, à l'Ascension, des estrades sortent de terre et des banderoles dansent entre les pignons. La fête de Villeneuve est superbe. Accourue de toutes les localités voisines, parfois même d'Orléans, la foule assiste aux concerts, aux démonstrations de danses, au défilé costumé. Fierté des fiertés : c'est chez vous que le manège est branché. Cette année, c'est ton père qui a tout organisé. Arrivé en retard à une réunion de l'association de quartier, il en a été désigné président, un peu comme un gage. Mais il s'est pris au jeu. Il a reçu des propositions de groupes folkloriques de toute la Beauce. Il a fait venir des danseurs ukrainiens du Berry et une prétendue tête d'affiche des cabarets parisiens, un guitariste du Loir-et-Cher qui se fait appeler Jan Holloway.

Les courriers adressés à *Jean Deslandes, président de la Commune libre de Villeneuve*, l'ont gonflé d'importance. On en a ricané, ici ou là. Mais pour beaucoup de gens, ton père est devenu autre chose que ce bourreau de travail un peu fruste dont on dit qu'il interdit à sa femme d'aller pisser quand il dort.

À la maison, vous devez parler bas. Pas question de perturber le repos paternel. Il vit en décalé, ne partage pas tous vos repas, Michelin impose sa loi jusque sous votre toit. *Usine prospère, foyer prospère*, promet le livret d'accueil distribué aux nouvelles recrues. À l'usine, ton père alimente la chaudière. Il a dû s'engager à ne jamais se mettre en grève. Son poste est trop crucial. De la chaudière, dépend la cuisson de l'ensemble de la production. Ceci aussi est expliqué dans le livret : *Faire un pneu, c'est de la pâtisserie.* Des fils de rayonne et d'acier sont réunis en nappes, assemblés par un premier apport de gomme, puis découpés en morceaux. Posés de biais, ces morceaux forment un manchon que l'on recouvre de gomme. Suivent différentes pressions, au terme desquelles le manchon devient pneu – un pneu cru, qu'il reste à cuire.

Ton père est toujours volontaire pour les heures supplémentaires. Sur son temps libre, il teste des nouveaux modèles de pneus : Michelin lui a prêté un *vélo rapide* équipé d'un compteur kilométrique, qui permet de mesurer la vitesse d'usure de la gomme. Si la distance parcourue correspond aux objectifs, ton père touche une prime.

Pour améliorer l'ordinaire, il rénove aussi les toitures du voisinage. Il a appris la couverture quand l'armée l'a libéré. Il aurait aimé être charpentier mais le centre de formation accélérée n'offrait plus de place pour ce métier. Il fallait reconstruire Orléans, le travail ne manquait pas. Ton père a cru que la chance était de son côté et qu'il pouvait s'autoriser certaines aspirations. C'est à cette époque qu'il s'est pris à rêver de l'uniforme et de l'emploi à vie des gardiens de la paix. Après cet échec, Michelin fut une humiliante aubaine.

Je ne crois pas que tu aies eu honte de ton père.

Je ne suis pas sûr de pouvoir en dire autant. J'ai en tête une photo en particulier, prise quelques mois avant ta mort. On t'y voit assis sur une chaise, ventru dans un T-shirt informe, une Kro à la main et, sur la tête, une casquette publicitaire dotée d'une visière en plastique translucide. Tu as l'air content.

Cette image heureuse me met mal à l'aise. Elle nous éloigne. Je me raisonne : je possède moi aussi des T-shirts informes, je bois de la bière et il m'arrive de porter des casquettes. Mais je trouve malgré moi que ce n'est pas pareil. Quand je pense à ce cliché, je te classe. Il ne manque à ta panoplie qu'une écharpe de supporter pour m'achever. Fils de beauf? Peut-être. Et fils indigne.

Dans le brouillon de sentiments que tu m'inspires, je sens poindre de la méfiance, je refoule du mépris. Mon inconfort me trahit : si je te connais si peu, c'est aussi parce que je n'ai jamais pris le risque de te découvrir. Il est si facile d'aimer une ombre.

Fils indigne. C'est aussi le soupçon que je lis dans le regard de tes amis au cours des entretiens que je mène pour nourrir cette enquête. Oh, pas tout de suite. D'abord ils m'observent. Le menton, l'arête du nez, les yeux en amande, les sourcils clairsemés. Ils scrutent tes traces en moi. Ils me disent : Tu lui ressembles, c'est fou comme tu lui ressembles, et je réponds merci. J'accueille cette attestation comme un compliment bouleversant. Et si d'aventure elle ne s'impose pas d'emblée, je me surprends à la guetter : cabot, je tourne un peu la tête pour que les rides du sourire disent l'évidence. J'attends leur validation comme un dû. Ce n'est pas une découverte, trois décennies de goûters chez ta mère m'ont familiarisé avec cette idée. Mais dans ces échanges de regards, ma place dans le monde est confortée.

En retour, j'abolis le temps. J'apparais et aussitôt des pans entiers de leur passé ressurgissent. J'écoute. Je prends tout ce qu'ils ont à m'offrir. Lorsque leur récit spontané s'achève, je mendie mille détails supplémentaires sur ce qu'ils viennent de me livrer. J'essaye ensuite de me faire confirmer des faits qui m'ont été racontés par d'autres. Je commence à ranger mes affaires lorsque je leur demande s'ils sont sûrs de n'avoir rien oublié, un défaut peut-être, même mineur, ou une fâcherie, même bénigne. Leur tête à ce moment-là. On dirait que je viens de t'insulter. Ils nagent quelques secondes autour de ma question sacrilège, font parfois mine de chercher, non, rien, vraiment, ils ne voient pas, ils ne sauraient pas dire.

Je vois bien que je les heurte. Qu'ils regrettent peut-être de m'avoir accordé leur confiance. Mais comment faire autrement ? Je voudrais te désembaumer et te découvrir complexe, changeant, ambigu et bancal – comme le sont les vivants. Au risque du désamour, j'ai besoin de cueillir les nuances du réel. Elles seules feront battre ton sang.

IX.

La fête de Villeneuve approche et les gamins du quartier rodent la formule qu'ils débiteront de porte en porte. Toi, tu as déjà fini d'écouler tes tickets de tombola. Tu es ce genre d'enfant-là : tu as un truc avec les gens. Ta mère m'a raconté que tu étais un petit garçon serviable, toujours prêt à faire un saut à l'épicerie. (Ta sœur a précisé que tu avais le droit d'acheter des Carambar avec la monnaie des commissions.) Tu aimes rire. Rien ne t'inquiète, rien n'est grave, je crois que tu vas bien.

Avec les copains, vous ne parlez jamais de vos parents. Vous partez du principe que tous les adultes se ressemblent. Tu imagines que toutes les mères fonctionnent de la même façon, qu'elles ont les nerfs qui lâchent si elles oublient d'ingérer leurs pilules et leurs potions. Dans la cuisine, les flacons de verre brun du pharmacien ont toujours fait partie du décor. Leur ombre portée irise la toile cirée et crée une ouverture dans celle, oscillante, de la cage aux oiseaux.

Ta mère a choisi un couple de serins. Elle apprécie leur compagnie. Il lui semble qu'ils la comprennent. Ils ne jugent pas son chagrin qui s'éternise. Son père est mort depuis 4 758 jours mais il lui manque toujours autant. Vos naissances l'avaient seulement distraite de cette douleur.

Face à la cage, ta mère peut se lamenter sans être rabrouée. Avec ton père, c'est plus compliqué. Sa fatigue perpétuelle le rend rugueux et irritable, et il ne sait rien faire d'autre de cette énergie mauvaise que la jeter dans le travail – des heures supplémentaires, des kilomètres supplémentaires, des chantiers supplémentaires, qui certes le défoulent mais l'éreintent un peu plus.

Avant, il parvenait à se radoucir, par moments. Mais la hargne ne le quitte plus depuis que ta grand-mère Rachel a pris ses quartiers chez vous. Elle rend fous tes parents mais ils ne peuvent pas l'abandonner : son propriétaire a vendu l'appartement qu'elle occupait, elle n'a nulle part où aller. Elle passe ses journées à monter ta mère contre ton père, elle raconte qu'il couche avec toutes les femmes du pays. Elle invente des histoires insensées. Alors ton père explose, ta mère pleure, les serins chantent, le médecin prescrit de nouvelles potions.

Toi, au fond, tu l'aimes bien, cette vieille sorcière. C'est ta Mémé, la reine des confitures et du pâté de lapin. Surtout, son aigreur et sa perfidie sont grandioses, c'est un spectacle permanent. Le samedi soir, vous jouez à la belote. Tu sais qu'elle est mauvaise perdante, mais tu n'as pas encore l'âge de la laisser gagner. Si tu l'emportes, elle te jette ses cartes à la figure : Espèce de petit con ! Ça fait rire Claudine, ce numéro rituel de vieille dame indigne. Alors Rachel explose : Qu'est-ce que vous avez tous à vous foutre de ma gueule ? Elle se lève en jurant et s'enferme dans sa chambre.

Elle a quelques raisons d'être odieuse. Orpheline de mère à quatre ans, elle fut chassée par la seconde épouse de son père. Tout juste majeure, elle a fui l'orphelinat, Orléans et son enfance pour tenter sa chance à Lyon. Elle y cousait des fleurs artificielles et, fascinée par le crime, assistait à des procès dès qu'elle le pouvait. Elle allait au tribunal comme on va au spectacle – sauf qu'au palais de justice, il n'est pas nécessaire de payer sa place.

Qu'est-ce qui distingue le regard d'un innocent de celui d'un criminel ? Dans la salle d'audience, Rachel contemple des visages dont elle ne sait rien. Elle se concentre : pendant quelques secondes, tout est ouvert. La parole n'a pas encore réduit ces hommes et ces femmes aux crimes qui leur sont reprochés. Vingt ans de bagne ou l'acquittement ? Elle formule des paris par-devers elle.

Ensuite, les mots tombent. Voici un étrangleur, une femme fatale, une complice de la bande à Bonnot, un satyre insatiable... Rachel est subjuguée. Les récits truffés de violence la captivent et l'apaisent. À la sortie d'une de ces séances, elle rencontre Théodore Charpillon, son futur mari. Il s'apprête à s'engager dans la Légion étrangère.

Quand il lui parle d'expéditions lointaines, elle tombe sous le charme. Les sorcières aussi ont été des jeunes filles.

Un soir, rue de la Gare, la dispute de fin de belote est plus violente que de coutume. Le lendemain, à l'aube, Rachel enfile une chemise de nuit neuve et se met du rose aux joues. Elle réclame ta sœur à son chevet, qui vient l'embrasser. Puis elle avale toutes les pilules qui se trouvent en sa possession et, dans un geste on ne peut plus théâtral, jette tous les bijoux de famille au feu. Alertée par Claudine et le vrombissement du poêle, ta mère arrache Rachel à ses râles. Après avoir ardemment désiré sa mort, elle la sauve.

Je me demande à quoi Rachel songeait, ce matin-là. Je me trompe peut-être mais j'incline à penser qu'avant de brûler ses bagues et ses colliers, elle a examiné le gâchis de sa vie. Elle n'a pu sauver qu'une poignée d'années : la rencontre avec Théodore sur les marches du palais de justice, leur mariage en 1924 et les mois qui suivirent. Lorsque le lieutenant Charpillon fut envoyé dans le Rif pour combattre Abdelkrim, Rachel voulut le rejoindre. Seule, elle s'embarqua sur un bateau à Marseille. Sous la tente, la nuit marocaine effaça les marques de l'orphelinat, les stigmates de la misère. Rachel se sentit incroyablement vivante. Elle crut la partie gagnée : tout irait bien désormais.

Repus d'aventure, gonflés d'amour, Rachel et Théodore décidèrent, de retour en France, de faire un enfant.

Quand leur fille est née, en 1930, Rachel avait trente-sept ans. Elle découvrit rapidement son erreur : elle détestait être mère. Tout l'entravait. Elle sentait bouillir en elle cette violence qui n'était qu'endormie. Elle renonça à aimer, elle n'en avait plus la force. Elle se persuada que le bonheur était resté de l'autre côté de la Méditerranée, dans la lumière du désert, dont la lueur de ses bijoux dans les flammes n'est qu'un triste reflet.

Dans la famille, pour faire référence à cet épisode, personne ne parlera jamais de tentative de suicide. Vous direz : *Le jour où Mémé s'est empoisonnée.* Certains mots sont impossibles à prononcer. Chez nous, c'était le mot *mort.* Ma mère n'y arrivait pas. Elle disait : *L'Accident.* Tout le monde autour d'elle a repris cette convention.

Le jour de l'Accident, j'allais avoir deux ans, ma petite sœur huit mois. Notre mère nous a annoncé que tu ne pourrais pas rentrer à la maison. Tu t'étais fait mal, très très mal. Ton corps était tout fatigué. Il fallait que tu te reposes.

Je n'ai pas posé de question. Je ne t'ai pas cherché dans l'appartement. Les visites au cimetière m'ont fait comprendre que ton repos serait éternel.

Sur nos murs, quelques photos choisies te montraient veillant sur nous. Notre mère s'appliquait à te rattacher aux objets qui nous entouraient. Ceux que tu avais confectionnés, ceux que tu avais choisis, ceux que tu aimais manipuler. Ce modeste inventaire esquissait tes goûts, tes habitudes. Pas plus d'un détail à la fois. Une grande inspiration, quelques syllabes, un sourire triste.

Je n'aimais pas ces moments. Trop d'émotion dans la voix. Trop de chagrin dans le regard. Ces démonstrations étaient implacables : parler de toi faisait souffrir. En réaction, j'ai développé une solide expertise du silence et de l'évitement. Je ne voulais pas avoir mal, alors je ne parlais pas de toi.

Un matin d'octobre 1988, un matin d'absolue détresse, ma stratégie a été mise en échec. Dans la classe des CE1, je suis installé au dernier rang, tout à droite, le long de la cloison jaune. À l'autre extrémité de la pièce, si on la traverse en diagonale, se trouve le bureau de la maîtresse, près duquel sont regroupés ceux des élèves les plus dissipés. Ma relégation souligne mon statut d'enfant sage. Travailleur excessif, chouchou jalousé, je récolte d'excellentes notes que je prends pour des preuves d'amour.

Déception ce matin-là : la maîtresse ne vérifie pas que nous avons bien appris nos leçons. Elle nous demande, une table après l'autre, de citer le métier de nos parents. La consigne me terrasse. Je ne saurais plus dire avec certitude ce qui vient en premier, le manque d'air, les suées, le sentiment d'injustice, le désir de disparaître, l'acharnement sur les cuticules, l'envie de pisser, les mains dans les cheveux, les mains sur les cuisses, la déglutition sonore, la ceinture resserrée, les larmes qui affleurent, le scandale de toutes ces réponses en deux temps, les lèvres mordues, la goutte au nez, la violence que personne ne perçoit, le désir que surtout personne ne la perçoive, le crayon saisi, la mine cassée, le crayon taillé, la gomme triturée, et déjà c'est mon tour.

Je récite à toute vitesse : conseillère-en-économie-sociale-et-familiale, j'ajoute c'est-presque-comme-assistante-sociale, et je baisse le ton parce que c'est la fin de la phrase, je veux que la maîtresse entende mon point.

Et ton père ? Silence écarlate. Mes yeux implorent.

Tu ne connais pas le métier de ton père ? Toutes les têtes se tournent. La classe entière vibre de l'événement. La maîtresse s'impatiente alors je me lance, voix minuscule, il…, j'avale ma salive, il…, un sanglot obstrue ma gorge, il…, je souffle, il est mort.

Pendant la récré, je planque mes larmes derrière un arbre. Mes ongles martyrisent l'écorce, vaudou végétal, quand quelqu'un fond sur moi. Un blond du premier rang, baskets de marque et prénom composé. Entouré de sa bande, il balance des pichenettes sur mes oreilles déjà rouges. Bouh, postillonne-t-il, son pauvre petit papa est mort ! Il exulte et le chœur de ses fidèles ricane, des bouches crachent des insultes, j'essaye de m'extraire de leur nasse, je cours vers le préau, alors ils me poursuivent et répètent son pauvre papa est mort, son pauvre papa est mort, je prie pour que ça s'arrête, qu'un coup de sifflet nous renvoie en classe, mais quatre mots me décapitent : Bien fait pour lui.

J'aurais pu entendre *bienfait* et chercher des raisons de me réjouir. Mais j'entends *bien fait*, en deux mots que je décortique. Si c'est bien fait pour moi, c'est que l'on m'a puni. Privé de bonbons, privé de télé, privé de papa ? Il y a une logique. Si c'est bien fait pour moi, il y a forcément une intention. Adossé à un muret de crépi rose, j'accueille la révélation des caïds coiffés au bol : tu as voulu mourir. Raison pour laquelle, muselés par la honte, nous n'en parlons jamais. Tout se tient. Les yeux tournés vers le groupe de filles qui sautent à l'élastique, je m'enfonce dans ce scénario avec terreur et curiosité. Un instant, la jouissance de la limpidité surclasse la douleur. Mais jusqu'où faut-il aller dans le raisonnement ? Si c'est bien fait pour moi, tu as voulu mourir à cause de moi. Là, j'ai trop chaud. Entre les élastiques, les filles pleines de tissus volent au ralenti. Des hélicoptères pleuvent sous les érables. Le grillage de l'école grimace. Le sifflet de la maîtresse me fouette et je chie dans mon froc. Je vois les rangs se former. Lorsqu'enfin je me détache du crépi rose, je glapis la vérité, celle que j'ai toujours entendue, c'était un accident, un accident, mais sous le préau ma merde tiède a recouvert ton souvenir.

X.

Je partirais bien en vacances, avait fait ta mère en triturant l'entame du gigot. La bouche pleine de flageolets, ton père avait écarquillé les yeux : Pour quoi faire ?

Six mois plus tard, les pieds dans le sable, elle fixe le dos de son mari qui fixe l'infini. Elle le voit qui s'avance, très lentement. Les bras le long du corps, il entre dans l'eau jusqu'aux genoux. Elle ne se fait pas d'illusion, elle sait qu'il ne lui parlera pas de ce qu'il ressent. Elle aimerait lire sur son visage ce que ça fait de découvrir la mer à quarante et un ans. Mais il ne se retourne pas.

À un moment, elle croit voir ses épaules se détendre, alors elle se dit qu'elle a bien fait. Elle a bien fait de s'accrocher à ce désir, d'écrire en secret à la mairie de Fromentine, où ses parents l'avaient emmenée avant-guerre, et d'y réserver un appartement pour un mois. Elle a bien fait de ne pas se formaliser du *Pour quoi faire ?* de ton père, qui n'était, elle en est sûre à présent, que l'interrogation sincère d'un homme désemparé face à un concept inconnu : les vacances. Jusque-là, pendant ses congés d'été, ton père continuait à s'embaucher pour la moisson dans les fermes de sa jeunesse. Toi, tu apprenais à récolter les pommes de terre, à cueillir les cerises, à vendanger la vigne.

En vous faisant goûter à la plage, ta mère tente quelque chose. Elle veut se laisser hypnotiser par le mouvement des vagues, cette grande lessiveuse venue du fond des temps, et s'émanciper du rythme de l'usine, des jérémiades maternelles et de la torpeur médicamenteuse. Elle espère que la marée, à nouveau, lui livrera ses bonheurs d'enfance. Au moins pour un temps, elle brise le ronron oppressant de la rue de la Gare.

Quelques jours avant le départ, pour canaliser votre excitation qui, elle le sentait, risquait de mettre ses nerfs *en pelote*, elle vous avait imposé un exercice qu'affectionnait son père : une rédaction dans laquelle vous deviez imaginer vos vacances. Fromentine. Vous aviez fait sonner le nom de la station balnéaire. Fromentine, ça se chante et ça se déguste, c'est une promesse de fantaisie. Il y a de l'exotisme dans le suffixe, et une racine rassurante pour des enfants des plaines céréalières. Vous aviez anticipé des tempêtes et un océan bleu dragée, comme sur les cartes déjà vieilles où vous aviez repéré la Vendée entre deux départements inférieurs.

En fait, la mer est bleue et verte et grise et dorée. L'horizon tremble. Des navettes s'en vont vers Noirmoutier. Tu te laisses chatouiller par la douceur de l'air. Ton père, Claudine et toi : chacun entre dans l'eau de son côté. Est-ce la pudeur ou l'esprit de conquête ? Vous avez mis plusieurs dizaines de mètres entre vous. Ce sont trois premières fois parallèles.

Ta mère a beaucoup grossi, elle déborde de sa robe à pois. Patronne de son carré de serviettes, elle vous observe de loin. Puis ses yeux se perdent au-delà de vos silhouettes. Il lui semble qu'ici, rien n'a changé en vingt-cinq ans. La mer en été charrie l'éternité.

Parmi les visages qui émergent de l'écume, ta mère se met à guetter celui de son père, comme elle l'avait fait, dans sa tunique de fillette, pendant la guerre. Avec sa mère, elle était venue l'attendre à Paris. Le colonel Charpillon venait d'être libéré, après deux ans d'Oflag. La nervosité des familles emplissait tout l'espace, contenue tant bien que mal par des rangées de soldats allemands. À 22 heures, le train était entré en gare. De la masse d'uniformes expulsée des wagons, ton grand-père avait surgi. Ta mère a toujours dit que c'était le plus beau jour de sa vie.

Le souvenir du mousseux qui arrosa leurs retrouvailles lui donne soif et la tire de sa rêverie. Elle vous cherche du regard. Ton père nage cet ersatz de brasse appris à l'armée. Claudine marche sur le rivage, les chevilles dans l'eau. Toi, tu es immergé jusqu'à la poitrine, immobile. Ta mère plisse les yeux, elle a l'impression que sa vision se trouble et que le bleu du ciel a déteint sur toi. Elle glisse sa main droite sous ses lunettes, appuie sur ses paupières, relâche. Elle ouvre les yeux : tu es toujours bleu, aussi bleu qu'au premier jour, à la maternité. Elle voudrait appeler ton père mais elle ne sait pas crier. Elle sanglote Jean, Jean, et elle sent la panique monter. Elle ne sait pas non plus courir, elle dévale la plage vers toi, elle ballotte sa peur sur le sable. Elle t'atteint, enfin, et elle t'affole, elle t'étouffe dans ses chairs, longtemps, et ton père et ta sœur accourent à leur tour. Vos peaux ne se sont jamais touchées ainsi. Tu es gêné par ce contact, cette émotion, et par l'attention que vous suscitez. Tu te dégages gentiment de son étreinte. Tu dis ça va, des mots de rien, des signes de vie.

Vous sortez de l'eau en silence. Vous ne savez pas quoi faire de cet événement. Ta mère regagne sa serviette, une algue collée sur la cuisse.

C'est à ce moment-là que je t'ai vu.

Je venais d'achever l'écriture de cette scène, amusé d'entendre Trenet chanter *La Mer* chez les voisins du dessus alors que je m'apprêtais à quitter la Côte atlantique. Un bocal à la main, je croquais compulsivement les dernières amandes en fixant mon écran. Je me suis levé pour vérifier s'il restait des abricots secs, des pignons de pin et de la mimolette en prévision de mes prochaines fringales. J'ai eu envie d'un thé. Au point où j'en étais, je suis allé lancer une lessive dans la salle de bains. Sur Nostalgie, la chanson atteignait mon moment préféré, quand les chœurs arrivent en renfort, et je me suis joint à eux. De retour dans la cuisine, j'ai guetté les premiers frémissements de l'eau dans la bouilloire. Mon choix s'est porté sur un Oolong. J'ai fait quelques pas vers la fenêtre et je me suis retrouvé nez à nez avec toi.

Je sais bien que tu ne peux pas être cet homme derrière la vitre. Mais, dans cette silhouette, c'est toi que je vois. L'homme évolue sur un échafaudage. Bientôt il sera sur le toit. Il occupe ton rôle, ta place. Tu aurais pu être là. Tu aurais pu être lui.

Je me demandais quand tes confrères arriveraient. La semaine dernière, dans un indescriptible fracas, les pavés de la cour ont été recouverts de cales, de pieds, de tréteaux, d'échelles, de piliers, de garde-corps, de planchers mobiles, de consoles, de potences – et d'autres éléments encore, en aluminium ou en acier galvanisé, que je serais bien en peine d'identifier. Des dizaines de tubes furent emboîtés les uns dans les autres constituant bientôt, sur toute la hauteur de notre façade, un édifice parallèle.

L'homme à présent me fait signe. J'ouvre la fenêtre et le salue avec une chaleur qui doit lui sembler déplacée – il ne peut pas savoir ce qu'il représente pour moi. Je suis à deux doigts de lui proposer un thé lorsqu'il me répond dans une langue qui m'est inconnue. Il se met à battre des bras comme un essuie-glace puis à taper du plat de la main sur les persiennes. Dans la cour, j'aperçois un réseau de tuyaux déployés autour d'un Kärcher. Je crois que j'ai compris. Un pli après l'autre, je commence à refermer les volets. L'homme enfin sourit et poursuit son ascension vers les étages supérieurs. Dans mon dos, la gazinière est couverte de mini-mares, crachées l'une après l'autre du bec de la bouilloire.

XI.

À la rentrée 1966, comme ta sœur avant toi, tu redoubles ta sixième. À la fin du premier trimestre, te voilà devenu un excellent élève, inscrit au tableau d'honneur. Ta mère te fête, elle t'est reconnaissante de ne plus être une source d'inquiétude. Vous allez voir *La Grande Vadrouille* à Orléans pour célébrer l'événement.

L'éclaircie pourtant ne dure pas. Trois mois plus tard, les zéros s'accumulent en français. *Doit absolument se ressaisir.* Ta mère voudrait bien savoir comment ça se déclenche, un ressaisissement. En réchauffant des flageolets, elle tente de te sauver en rabâchant des leçons apprises trente ans plus tôt. Les mêmes que celles qu'elle avait essayé de transmettre à ton père quand il s'était mis en tête d'entrer dans la police. Elle a l'impression que le cauchemar se répète et elle se ronge les sangs. Elle ne veut pas que tu te casses le dos dans les champs, ni que tu t'abîmes à l'usine.

Tu entends la terreur maternelle qui, à la différence de l'accord du participe passé, a le mérite de la clarté.

Mais peu à peu tu oublies d'écouter. Il n'y a plus que l'image. Tu trouves que la glycéro sur les murs de la cuisine donne un petit teint verdâtre à toute la famille. Tes parents, ta grand-mère, ta sœur : tout le monde te fatigue. Si tu pouvais, tu trouverais le moyen de les rétrécir, tous les quatre, et de les enfermer dans la cage avec les serins.

À la fin de l'année, le conseil de classe signifie à tes parents qu'un passage en cinquième est envisageable mais que l'apprentissage est *sans doute préférable.* Tes parents professent qu'il faut faire confiance à l'institution. La vérité, c'est qu'ils sont terriblement intimidés. Ils n'osent pas poser de questions, ils ne veulent pas déranger, ni s'exposer à des réponses qu'ils ne comprendraient pas. Ils imaginent qu'une confrontation tournerait nécessairement en leur défaveur. Pour eux, mieux vaut une existence gâchée qu'une humiliation passagère. Alors ils laissent les autres décider à leur place en attendant que la vie passe.

Ce qui leur reste de volonté, ils l'exercent contre toi, et ton désir naissant de faire ton apprentissage chez un couvreur. C'est un des rares métiers que tu peux te représenter avec précision : ton père l'a exercé avant de travailler chez Michelin et, sur ses jours de repos, pour se faire quelques billets, il lui arrive encore de monter sur les toits. On ne passe pas impunément son enfance à grimper aux arbres et à escalader des montagnes de pneus : tu t'imagines agile au sommet des charpentes, corps léger sur les voliges.

Pas question de jouer les voltigeurs, tranche ta mère. Trop dangereux. Pour son fils, elle exige un poste au chaud dans un bureau. C'est pour ton bien. Et pour le sien : elle ne se sent pas la force de s'inquiéter pour toi. Elle espère pour toi des jours plus doux que ceux de ton père. Tu te laisses à moitié convaincre ; tu t'inscris en CAP comptabilité. Ta mère résumait ainsi cet épisode : Il était nul, il a fait trois ans d'études, il a échoué à l'examen.

T'imaginer à quatorze ans est une chose. T'imaginer rêvant de devenir comptable à cet âge-là en est une autre. Je me suis demandé si tu t'en étais remis au hasard, si tu avais voulu suivre un copain, ou simplement cherché à gagner du temps, pariant sur un échec assuré suivi d'une nécessaire réorientation…

Pour chacun des forages que j'effectue dans ton existence, j'ai entrepris de retrouver des témoins. J'ai soutiré des souvenirs à tes voisins et à tes camarades de classe. J'ai frappé à des dizaines de portes et, ligne après ligne, j'ai épuisé l'annuaire. Et puis le tour de Jacky est arrivé.

Orange m'informait depuis trois jours que le numéro demandé n'était pas attribué. J'ai contacté les voisins et les agriculteurs du coin : tout le monde était sur répondeur. J'ai fini par téléphoner à la mairie, où l'on m'a rassuré. Jacky n'était pas mort, il n'avait pas non plus déménagé.

Un problème sur la ligne, sans doute. Le lendemain, mon appel a basculé sur sa boîte vocale.

Je comptais vraiment sur lui. Claudine se souvenait des noms de tes trois copains d'enfance : Jean-Marie, Luc-Marie et Jacky. À Ingré, j'avais appris que les deux premiers étaient morts. Tu me diras : ça peut arriver à tout le monde. De Jacky, plus personne n'avait de nouvelles. Il faut dire qu'il s'était exilé. On croyait savoir que son père lui avait transmis une ferme au fin fond du Limousin. En réalité, dans sa descente vers le sud, il n'avait pas dépassé l'Indre.

J'étais dans la rue quand il a retourné mon appel et j'ai aimé sa bonne voix, tout de suite, avant de comprendre que c'était lui. Il pleuvait mais Jacky semblait sensible à mon projet, prêt à m'aider s'il le pouvait, alors je lui ai posé une première question, une question sans importance, le temps de trouver un endroit abrité où je pourrais prendre des notes. Après quelques secondes de blanc, il a fait Ouh ! en inspirant puis je l'ai entendu souffler dans son appareil – pas un souffle agacé, un souffle souriant – et il a dit : L'enfance, l'enfance, ça date pas d'hier, j'ai soixante-six ans quand même…

Soixante-six ? J'ai cessé de chercher un abri, je suis resté silencieux sous la pluie, piétinant le terre-plein central de la place de Clichy. J'ai douté d'avoir affaire au bon Jacky. Je l'ai prié de me confirmer qu'il avait grandi à Ingré, qu'il avait été en classe avec toi, et tandis que du fond de sa mémoire, il extrayait l'adresse de tes parents, j'ai fait le calcul. J'ai trouvé ça vieux, soixante-six ans. Je connais ta date de naissance mais je ne t'ai jamais imaginé vieillissant. Quand le printemps revient, une année supplémentaire s'est écoulée sans toi ; mais c'est moi qui prends de l'âge, pas toi. Tu auras toujours trente ans.

XII.

En Mai 68, la liberté a fait souffler son vent frais sur la rue de la Gare : exit Mémé. Depuis sa tentative de suicide, ta grand-mère avait multiplié les séjours dans des maisons de repos, mais c'était une solution provisoire, et vous viviez sous la menace permanente de son retour parmi vous. Rachel, de son côté, s'était fait une raison : puisque plus personne ne daignait lui obéir dans cette famille, elle irait exercer son empire ailleurs, sur le petit personnel d'un établissement pour vieux. Elle avait jeté son dévolu sur les lignes majestueuses d'un château solognot. Tes parents avaient jugé les tarifs exorbitants. La longueur de la liste d'attente avait clos le débat. Ta grand-mère est désormais l'une des pensionnaires de la maison de retraite de Patay. C'est moins joli que la Sologne, mais beaucoup plus près d'Ingré, vingt kilomètres à peine.

Chez vous, ce n'est toujours pas l'allégresse, mais du jour au lendemain, ton père est nettement moins à cran. Claudine, qui apprend la sténodactylographie à la Chambre de commerce d'Orléans, rêve désormais de cheveux courts, de minijupes, de Paris. Même ta mère se détend : quand ton père est chez Michelin, elle écoute des opérettes et une compilation de sketchs de Fernand Raynaud. Dès que tu rentres de tes cours de compta, tu reprends possession de l'électrophone. Tu passes Hugues Aufray, Adamo et Joe Dassin. Le lendemain, ce sera Sacha Distel, Jacques Dutronc et Claude François. Tu découvres avec un peu d'étonnement qu'ils plaisent tous à ta mère. À la radio, elle a aussi entendu un nouveau chanteur qui prétend *abolir l'ennui*. Elle en a parlé à son médecin. Il lui a renouvelé ses prescriptions.

De son mouroir, Rachel se lance dans une correspondance aussi soutenue que culpabilisatrice avec sa fille. Elle exige une visite hebdomadaire et au moins un courrier pour couper la semaine. Si ta mère tarde à répondre à ses missives, Rachel soupçonne aussitôt ton père de les intercepter. Ses doutes s'accumulent. Le dimanche après-midi, elle se fait détailler l'emploi du temps de la famille pour les sept jours suivants. Elle se convainc qu'on lui cache quelque chose.

Lorsqu'elle n'y tient plus, elle oublie l'arthrose qui colonise ses genoux et prend le car jusqu'à Villeneuve, précédée par le cliquetis de sa canne et une conception toute particulière de la discrétion : lors de ces expéditions, elle porte un bonnet, un long manteau et des lunettes noires. Ainsi vêtue, elle stationne plusieurs minutes collée au mur de vos voisins et, tel un métronome hémiplégique, incline à plusieurs reprises son buste vers la rue. Elle guette la bicyclette de ton père. Quand celle-ci enfin passe puis tourne au bout de la rue, Rachel sort de sa cachette et vient tourmenter ta mère.

En 1968, Berthe avait trente-trois ans. Je fais le calcul en montant chez elle où tout est bleu. Les peintures, les rideaux, le divan – parfaitement assortis à ses yeux. Berthe est notre voisine. Notre appartement est côté cour ; le sien, un étage au-dessus, donne sur la rue. Elle n'en sort plus beaucoup. Une maladie respiratoire la condamne à vivre branchée en permanence à une bonbonne d'oxygène. Deux longs tubes transparents relient ses narines à cette source. Ils s'enroulent et serpentent sur la moquette bleue.

Berthe a écrit, autrefois. Elle a raconté sa guerre, l'enfant cachée qu'elle fut, son père déporté. Elle est veuve à présent, la vie lui semble bien trop longue, surtout les nuits où le goût de lire la déserte.

À chacune de mes visites, je m'assois au même endroit, face au piano délaissé. Juste au-dessus du clavier, la lumière glisse sur une sculpture métallique. Des plaques ondulent sur un panneau mural. J'y décèle des profils d'oiseaux prêts à l'envol. Berthe y voit des flammes.

Nous évoquons les travaux de l'immeuble, le bruit incessant, les fenêtres obstruées par les échafaudages. Puis son regard revient au brasier de métal. C'est bizarre, médite-t-elle, Prévert avait raison. Elle se concentre sur son souffle. Un filet d'air : La vie sépare ceux qui s'aiment.

La sculpture, précise-t-elle, est l'œuvre d'un ami cher, Jean-Pierre G. Il y a un demi-siècle, ils étaient voisins, rue Lepic. Les deux couples se fréquentaient assidûment. Jean-Pierre aimait beaucoup Judith, la fille de Berthe. Devenu père d'une fille à son tour, il lui a donné le même prénom. Il gagnait sa vie comme serrurier et s'épanouissait dans la sculpture. Berthe lui trouvait un talent fou.

Avoir laissé cet ami s'éloigner est l'un de ses grands regrets. Il y a des années, elle a essayé de le retrouver. Elle a vaincu sa timidité et entrepris d'appeler tous les Jean-Pierre G. du Minitel. Un jour, un type lui a fait remarquer qu'elle lui avait déjà téléphoné. Elle qui a toujours peur de déranger, ça l'a découragée.

À l'étage inférieur, il ne m'a fallu que quelques heures pour retrouver la fille de cet homme-là. Judith m'a demandé ce que je lui voulais, à son père. Puis elle m'a appris qu'il était mort. Judith a aussitôt ajouté qu'elle, sa mère et son frère seraient ravis de rencontrer notre voisine.

Berthe a accueilli ces nouvelles entre nostalgie et stupéfaction. Elle a téléphoné à la fille de son ami, elle comprenait son désir de la rencontrer. Elle m'a dit : Il lui arrive ce dont j'ai rêvé en vain ; quelqu'un qui lui tombe du ciel sans qu'elle ait à le chercher et qui pourra lui parler de son père.

Je n'ai pas osé lui répondre que c'était mon rêve aussi. Plus tard, Berthe m'écrira qu'elle avait compris, *compris peut-être sur la qualité d'un silence*, que j'avais grandi avec un père mort et je lui serai infiniment reconnaissant de formuler les choses ainsi, *avec un père mort* plutôt que l'habituel *sans père*.

Le ciel a parfois besoin d'aide. J'ai résolu de passer une annonce dans le journal local pour inviter celles et ceux qui t'avaient connu à se mettre en rapport avec moi. Les tarifs m'ont semblé corrects. En plus, il y avait une promo : la parution pendant six jours consécutifs était à moitié prix. Ajouter une photo à l'annonce coûtait dix euros. Seulement, je ne voyais pas dans quelle rubrique la publier. À moins de rétribuer mes éventuels informateurs, ce n'était pas une offre d'emploi. Les pages Immobilier ne convenaient pas plus que la section Automobile. Restaient les Bonnes affaires. Ton portrait coincé entre des stères de bois, un fauteuil club et un vaisselier ?

Je me suis rabattu sur un groupe Facebook d'habitants d'Ingré où j'ai posté un avis de recherche. Zineb, ma compagne, s'est montrée circonspecte. Elle m'a rappelé que tu étais mort, pas disparu. Le hasard a voulu qu'une journaliste de *La République du Centre* tombe sur mon message et qu'elle décide, intriguée, de consacrer un article à ma quête. Elle m'a annoncé qu'il paraîtrait quelques jours avant Noël. Le calendrier me semblait excellent : les réunions de famille seraient propices à la remontée des souvenirs.

Je lui ai confié une des photos qui m'entourent depuis que j'écris ce livre. Sur ce tirage sépia, tu es tout jeune homme, encore imberbe. Tu es pris de trois quarts, le regard au loin et, à la mode Harcourt, tu as le visage éclairé de façon déraisonnable. Tu portes le cheveu mi-long, une vaguelette descend sur ton front.

Cela faisait déjà deux ans que mes recherches avaient commencé, six mois que j'avais rédigé les premières pages de ce texte. La publication de cet article m'apparaissait comme un jalon majeur. En exposant mon projet, je m'engageais à le mener à son terme. Je m'engageais à te rencontrer. J'y voyais aussi une solution pour l'annoncer à mon entourage sans avoir à prononcer les mots qui se refusent. Cet article, je l'attendais comme un faire-part.

Il débutait ainsi : *De son papa, il n'a que très peu de souvenirs. Philippe Deslandes est décédé à l'âge de trente ans, quand son fils n'en avait que deux. C'est le fil de sa vie que Mathieu veut aujourd'hui tirer, pour lui rendre hommage. Et pour ce faire, il a besoin des Ingréens. Ceux qui auraient vécu dans les années 1950 et 1960 et auraient pu le croiser en soirée, être en classe avec lui, faire une activité en commun…*

La journaliste avait ensuite utilisé quelques citations extraites de notre conversation. J'avais indiqué que même les choses minuscules m'intéressaient. Une anecdote, si chétive soit-elle, permet parfois de recouper un élément. L'évocation d'un nom peut faire surgir une image dans une autre conversation. Mon numéro de téléphone figurait à la fin de la version imprimée, mon e-mail dans celle que l'on pouvait consulter sur le site du journal.

J'ai relu plusieurs fois l'article, content qu'il existe, avec cette photo immense, mais franchement embarrassé par cette supposée volonté de te *rendre hommage*. J'avais la prétention de poursuivre un objectif plus complexe. J'ai trouvé cette expression affreusement réductrice. Elle suintait le sentimentalisme et l'hagiographie. Elle nourrissait aussi un malentendu sur mes intentions, qui présentait le risque d'écarter tout témoignage défavorable.

J'aurais dû compter le nombre de lecteurs qui m'ont contacté au cours de la semaine qui suivit la publication de cet article. Certains étaient bouleversés. D'autres pris par l'urgence de me transmettre un détail qui leur était revenu en découvrant ton portrait. Quelques-uns m'ont donné du *vos parents, chez vous*, comme s'ils s'adressaient à toi. Nombre d'entre eux ne t'avaient pas connu, mais ils avaient à cœur de me présenter leurs condoléances, comme si tu venais de mourir.

Au téléphone, tous m'ont dit combien ils avaient été touchés par un passage de l'article et, à cet instant, je les entendais rechercher une phrase sur leur exemplaire du journal. Celle qui exprimait mon désir de te *rendre hommage*.

XIII.

Pour rencontrer des jeunes de ton âge, à Ingré, il n'y a pas trente-six possibilités. Il y en a deux. Deux associations concurrentes, dont chacune est convaincue de sa supériorité morale, proposent des sociabilités comparables. Le Cercle Jean Macé fleure bon l'éducation populaire et l'anticléricalisme. En face, le Foyer des Quatre Vents a été baptisé à l'eau bénite : il est logé dans un local paroissial où se réunissait autrefois le patronage. Tes copains d'enfance fréquentent plutôt le Cercle Jean Macé. Mais le nom des Quatre Vents t'a plu et tu as eu envie d'aller voir ce qui s'y tramait.

Je te vois pousser la porte du Foyer, rue de la Garenne, pour la première fois. J'aimerais étirer ce moment car j'en mesure l'importance. Je sais les conséquences du choix que tu viens de faire – un des plus féconds de ton existence.

Tu ne connais personne alors tu souris, ça se passe toujours bien quand tu souris. Une brune à tête d'oiseau te souhaite la bienvenue. Elle est un peu plus vieille que toi. Elle fait les présentations. Il y a déjà un Philippe et lui, là-bas, le grand barbu, c'est Alain. Marie-Claude parle pour deux et rit comme une religieuse défroquée. Elle te fait visiter. La table de ping-pong, l'estrade pour les spectacles, le labo photo, le bar. Sans alcool, le bar.

Au Foyer, tu te sens très vite à ta place, au point d'y passer le plus clair de ton temps libre. Tes week-ends se garnissent de parties de volley-ball, de courses en sac, de chasses au trésor. Tu t'inities à la prise de vues et à la pyrogravure. Tu excelles au tennis de table.

Tu n'as pas conscience de fuir la morosité familiale. Ton rapport à ce lieu est bien plus immédiat : tu es heureux de te chauffer à ces nouvelles amitiés. Les copains t'ont vite cerné : tu es un naïf, un gentil, un cœur simple. Tu n'es pas un intello, c'est sûr, mais tu es d'humeur égale et curieux de tout. Tu as le sens de l'observation, le goût des jeux de mots, une âme de chansonnier ; tu découvres la jouissance de provoquer des fous rires.

En vous laissant les clés du Foyer, Monsieur le Curé vous a condamnés à la liberté. Fini le catéchisme et les injonctions morales. Il fait le pari d'un christianisme autogestionnaire. Sur chacun des sujets qui se présentent à vous, désormais, vous allez devoir vous déterminer vous-mêmes. En adultes. C'est troublant. C'est la première fois qu'on vous traite ainsi.

Bien sûr, vous passez le plus clair de votre temps à vous amuser. Tout à votre bonheur d'être ensemble, vous ne parlez jamais d'avenir. Vous ne vous livrez pas non plus à de grands débats philosophiques. Mais la vie se charge incidemment de vous tester.

Pour vous, le fait d'être chrétien va de soi. Corollaire : vous êtes fraternels, pacifistes, vaguement tiers-mondistes. Entre ces murs garnis de crucifix, vous accueillez des non-baptisés mais si vous envisagez l'hypothèse d'un monde sans Dieu, c'est pour en dénoncer la tristesse et la vacuité. Même à Ingré, certains jeunes se détournent de l'Église. Notamment les adhérents du Cercle Jean Macé, qui s'entêtent à programmer leurs spectacles de variétés les mêmes soirs que les vôtres. Concurrence frontale. L'occasion de se compter. Ce n'est pas toujours agréable. Vous voyez bien que vous perdez du terrain, sans toutefois vous penser comme un monde en déclin.

Vos tracts garantissent *une ambiance jeune, joyeuse, dynamique et saine*. Ce dernier adjectif est une des raisons d'être du Foyer. Pourtant, vous n'avez jamais pris le temps d'en définir les termes. La mixité est encore une idée neuve et parmi les plus âgés d'entre vous, quelques-uns estiment qu'un mauvais esprit menace. Avec une souriante raideur, ils prennent la parole lors de réunions pour des mises au point pleines d'allusions et de sous-entendus. Ils épiloguent sur la nécessité de bien distinguer la mixité, utile pour développer la connaissance de l'autre, et le flirt, susceptible d'entraver le bon déroulement des activités.

Sur ce sujet comme sur tant d'autres, tu as du mal à te faire un avis. Tu regardes Marie-Claude et Alain. Ils sont amoureux, ça saute aux yeux, mais ils ne parlent pas encore de fiançailles. Est-ce du flirt ? Il te semble surtout que la joie qui les emplit rejaillit sur vous tous. Et qu'ils vous donnent de l'espoir : un couple, ça ne ressemble pas forcément à vos parents. Ta mère, justement, te reproche de déserter la maison. Elle a peur que tu *fréquentes*. Elle commence à dire *Ton club* avec une pointe d'agacement. Comment peut-on s'amuser autant à l'ombre d'un presbytère ?

Derrière l'église, tu prends l'habitude d'échanger des passes avec Philippe. Deux Philippe, c'est un de trop ; l'autre, on l'appellera désormais Tardiveau. C'est le nom de son rôle dans un vaudeville de Labiche que vous vous escrimez à monter. Un personnage secondaire.

Tardiveau est un type réservé, excessivement attaché à ses parents, épaté par le naturel avec lequel tu vas vers les autres. Après son certif, il est devenu magasinier en pièces automobiles. Il ose te confier qu'il aimerait devenir pompier professionnel. Mais bon, ajoute-t-il aussitôt. Il n'a qu'à se regarder déborder de la glace pour constater qu'il n'a pas le physique de l'emploi.

Le Foyer, ça ne dure pas jusqu'à trente ans. Alors il engrange l'allégresse que lui procurent les répétitions de chant, certain que tout ce qui suivra sera nécessairement plus fade. Ça ne le révolte pas un instant. Il sait qu'il devra consacrer son existence à s'occuper de ses parents – sinon qui ? Il croit que les rêves et l'amour, c'est pour les autres. Il a déjà abdiqué la possibilité d'une vie attrayante.

Ses mots roulent avec le ballon. Tu voudrais désarçonner sa résignation. Pourquoi pas pompier volontaire ? Tu l'encourages à s'engager, pour voir.

Un samedi soir, Chevalier débarque avec une barre de fer et sa bande de blousons noirs. Une idée lui est venue : faire main basse sur vos réserves d'alcool. Quand il comprend qu'elles n'existent que dans ses fantasmes, il redouble d'animosité. S'il n'y a rien à voler, il va tout casser. Il veut crever l'épaisse densité de votre insouciance. Vous tentez de parlementer mais les mots n'ont aucun effet. Votre faiblesse et votre puérilité vous giflent. Vous détestez Chevalier de vous obliger à appeler les flics.

Vous réalisez dans la panique que vous n'êtes pas au clair sur l'identité du Foyer. Est-ce un lieu ouvert sur le monde ou une forteresse ? La semaine suivante, pour protéger vos niaiseries bienheureuses, un père de famille fait des rondes en compagnie d'un berger allemand. Dans la nuit, tu repars en sifflotant du Joe Dassin. *Le Chemin de papa.* Je l'ai appris, en colonie, l'été de mes huit ans. Quinze jours de jeux et de répétitions de chants. À la fin du séjour, en pantalon sombre et T-shirt blanc, nous avions donné un concert dans une église bretonne, celle du village où nous résidions.

Pour cette chanson, des guitares, des flûtes, un harmonica et un banjo soutenaient nos voix. Le rythme était vif, sautillant sur les consonnes et les contretemps, traînant dans la poussière la mélancolie du texte. Un vrai plaisir de choriste. Et une épreuve pour moi. Je maîtrisais les paroles, ce n'était pas le problème, mais un mot m'était impossible à prononcer ; un mot qui revenait me narguer deux fois par refrain ; un mot que je n'avais plus su dire depuis 1983.

Sous la douche, j'avais mis au point un playback un peu lâche : ma mâchoire mimait l'articulation générale, sans toutefois laisser mes lèvres se rencontrer, car alors le son du mot interdit se formerait malgré moi, entraînant, j'en étais persuadé, une inextinguible crise de larmes qui mettrait ma dignité à terre et le concert en péril. Cramoisi dans cette église du Finistère, j'ai prié pour que personne ne repère mon subterfuge. Ma prière fut entendue, je crois.

Ce livre m'a conduit à trouver d'autres façons de te désigner. Avec ma mère, avec ta sœur, je dis *Philippe*. Avec mes autres interlocuteurs, j'ai appris à dire *mon père*. Je me suis beaucoup raclé la gorge, au début ; mais *mon père* passe de mieux en mieux. Après trente ans de silence, j'ai aussi réussi à prononcer le mot impossible. C'était le 20 juin 2013, dans la soirée. Je l'ai utilisé pour me présenter à mon fils qui venait de naître avant de lui souhaiter la bienvenue sur Terre. Papa, maintenant, c'est moi.

XIV.

Michel s'était fait imprimer des cartes de visite. On pouvait y lire son adresse et, tracés en lettres gothiques, son nom de scène et sa fonction : Magicryss, illusionniste. Ça faisait sérieux, on avait l'impression d'avoir affaire à un professionnel. Pour donner des représentations, il lui manquait tout de même un assistant. C'est tombé sur toi.

Le 12 septembre 1971, vous donnez votre premier spectacle. Vous jouez à domicile : c'est la kermesse paroissiale d'Ingré. Tu as dix-huit ans et, sur les photos, Michel n'a pas l'air tellement plus vieux. Il porte des petites lunettes, un smoking et un nœud papillon. Tu es vêtu d'un costume noir moiré, d'une cravate bariolée et de chaussettes bordeaux, assorties au velours de la malle dans laquelle tu te laisseras bientôt enfermer. Vous êtes deux jeunes gens bien peignés. La discipline capillaire de Michel dénote toutefois un port de raie plus habituel que le tien. Vous présentez neuf numéros aux intitulés parfois sibyllins : *Canne volatilisée, Paloma, Étendard, Cartes cascades, Colombine, Tip top, Cage aux supplices, Fulgur* et un grand *Finale*. Les paroissiens vous font un triomphe.

C'est un moment important pour toi. Tu en rédiges un bref compte-rendu, rangé dans un classeur qui se trouve à présent sous mes yeux. Tu notes : *Je n'ai pas eu le trac. Michel a raté les cartes mais le public chaud l'a applaudi. La cage aux supplices s'est très bien passée, je n'ai pas souffert.*

Durant cet automne 1971, puis au cours de l'hiver qui suit, votre duo se produit une douzaine de fois : pour le *repas des vieillards*, puis à l'occasion d'une séance de variétés du Foyer, avant d'enchaîner les arbres de Noël à Orléans, l'animation d'un réveillon à Tavers, une galette des rois, puis des *séances récréatives* à Saint-Pryvé-Saint-Mesmin. Votre spectacle s'enrichit peu à peu de nouveaux numéros dont je me demande au bout de combien de verres ils ont été baptisés : *Tube Raymond, Casserole, Hypnose, Kwo-Ha-Gul, Brioche au chapeau, Cartes basculantes, Boîte au lait…*

Tu dresses le bilan de chaque représentation. Dans ton classeur, où tu n'écris jamais Magie sans majuscule, les joies et les déconvenues se succèdent. Le 17 octobre, vous avez eu l'honneur d'une visite de Mic et Mac, deux ramoneurs de la commune lancés dans une carrière parallèle de clowns. Le 20 novembre, tu as *énormément souffert* dans la malle aux supplices. Tu n'es pas parvenu à te contorsionner dans la bonne position et les épées ont commencé à te frôler sans que tu aies le temps de placer la planche de protection. Quelques minutes plus tard, la colombe Paloma est morte étouffée. Le 18 décembre, tu pestes en professionnel pointilleux contre l'installation électrique, tellement défectueuse que *le son n'a pas fonctionné.* Le 31 décembre, tu t'enthousiasmes : *C'est sûrement le meilleur spectacle que nous avons présenté depuis septembre.* De retour à Ingré, réveillon, disques et Monopoly, vous dévorez la nuit. Entre vous, la magie a fait germer une amitié.

Michel semble avoir le souci de se perfectionner et de se faire connaître dans le milieu des prestidigitateurs – tu écris : *des prestis.* Vous vous rendez à Blois, où plusieurs magiciens sont rassemblés à l'occasion de l'émission d'un timbre pour le centenaire de la mort de Robert Houdin. Vous allez voir les stars de la discipline lorsqu'elles passent à Orléans. Tu décortiques chaque numéro. Tu es impressionné par la dextérité de Gérard Majax, qui subtilise montres, colliers et cravates dans les rangs des spectateurs. Les pouvoirs d'hypnotisme du mage Yvon Yva te laissent pantois.

Le 25 mars 1972, avec Christian, un autre copain, vous montez à Paris pour assister au Gala des Espoirs de la Magie au musée Grévin. *C'est vers 19h30 que nous avons garé la voiture. Nous avons déballé nos provisions et c'est en compagnie d'un clochard que nous avons soupé. À 19h45, nous sommes partis en direction de la station de métro. À 20h45, dix-sept stations plus loin, nous sommes partis en direction du musée Grévin. Quand nous sommes arrivés, il y avait déjà beaucoup de monde et une chaleur étouffante régnait. Le spectacle a commencé à 21h15 et des numéros de très bonne qualité se sont succédé. Un choix parmi tous ces grands prestis est difficile à établir mais je crois que celui que j'ai préféré est Otto Wessely. Le spectacle s'est terminé à 0h10 et c'est là que crevant de soif et de faim nous nous sommes attablés au Fontainebleau. Si on avait su, nous ne nous serions pas restaurés à cet endroit. Nous avons pris trois consommations et trois sandwichs pain de campagne aux rillettes. Quand le serveur nous a annoncé à combien se chiffrait la douloureuse... Boum, ça a fait mal. Christian en gémissait et le pire, c'est que l'on avait encore plus faim qu'avant. Enfin, bon gré mal gré, nous avons déboursé. Sur le chemin du retour, nous nous sommes perdus. Nous nous sommes retrouvés dans le septième. C'est fou ce que le Parisien est aimable quand on a besoin d'un renseignement. Après avoir consulté le plan consciencieusement, nous avons retrouvé notre itinéraire et c'est à 3h15, sous la pluie, que nous sommes arrivés à Ingré.*

Je me demande quand tu as cessé de te garer aux portes de Paris, au bout de combien d'années tu as osé rouler intra muros et t'aventurer place de l'Étoile. Lorsque tes parents nous rendaient visite, ils s'arrêtaient toujours à 20 minutes de chez nous. Quitter la Nationale 10 et entrer dans ces villes de banlieue parisienne leur semblait d'une complexité insurmontable. Seule solution : suivre la Supercinq blanche de ma mère, pare-chocs contre pare-chocs. Ils attendaient qu'on vienne les chercher sur le parking d'un routier. Je vois encore l'enseigne blanche et bleue : À La Grâce de Dieu.

Gamin, je me suis à mon tour passionné pour la vie d'Houdini, comme toi j'ai visité le musée de la Magie de Blois et, à Noël, j'ai reçu un coffret de petit magicien. Avais-je conscience que ce goût nous liait ? Dans un tiroir à reliques, ma mère conservait une boîte cylindrique destinée aux tours de passe-passe, et je savais que tu l'avais manipulée. Le mystère m'électrisait, et notre relation paranormale était l'une des énigmes qui m'absorbaient. L'invisible était notre royaume, la télépathie notre langage. Mais la pratique de la magie avait un attrait supplémentaire : un prestidigitateur pouvait porter un haut-de-forme, une cape et des gants noirs brodés d'arcs-en-ciel, et tout cet attirail me comblait de plaisir.

Aujourd'hui, cinq minutes sur YouTube suffisent pour comprendre comment David Copperfield a pu escamoter la statue de la Liberté puis traverser la muraille de Chine. Je ne sais pas ce que tu penserais de ces illusions à grand spectacle, si tu saurais les apprécier en amateur éclairé ou si tu t'en désintéresserais.

Tes notes n'expliquent pas pourquoi Magicryss a brusquement cessé de se produire. Claudine croit se souvenir que vous auriez été victimes d'un escroc qui s'était fait passer pour un producteur de spectacles. À Ingré, la trace de Michel s'est perdue. L'illusionniste disparu :

joli tour… J'en étais là lorsque Marie-Claude, la copine qui t'avait accueilli au Foyer, a croisé Michel au marché d'Orléans. Je l'avais interrogée quelques jours plus tôt à son sujet. La coïncidence l'a frappée. Elle nous a gentiment invités à se rencontrer chez elle, où les toilettes sont sèches et les graines de lin locales ingérées en conscience.

Parmi tes anciens camarades, ceux qui acceptent de me rencontrer sont guidés par la politesse, la sympathie, la curiosité ou le désœuvrement. Souvent ils préviennent : ils n'ont rien à dire. Je suis capable de les supplier sans honte. Je me répète que les épisodes sur lesquels j'enquête n'ont sans doute plus aucune importance à leurs yeux, recouverts depuis longtemps par des milliers d'autres. Tout en espérant que des fulgurances surgissent du néant.

Avec Michel, je ne savais pas à quoi m'attendre puisque Marie-Claude avait tout arrangé. Je suis arrivé le premier, un petit bouquet à la main, quelques fleurs des champs autour d'un splendide artichaut. J'avais insisté auprès de la fleuriste du bourg pour qu'elle n'incorpore que des spécimens cultivés dans le département, à défaut dans la région, sachant Marie-Claude sensible au bilan carbone de tout ce qui pénètre chez elle.

J'ai observé Michel s'extirper péniblement de sa voiture, marcher péniblement jusqu'à la maison, s'installer péniblement autour de la table. Tu ne reconnaîtrais pas sa panoplie. Sa baguette d'antan s'est muée en canne, ses boîtes truquées en piluliers et ses foulards en bandelettes. Son répertoire s'est réduit à un seul numéro : la vie diminuée dans un corps humilié. Sa femme Josiane est l'assistante de chacun de ses mouvements.

J'ai avalé d'un coup toutes les graines du bol pour ne pas me demander si je te préférais mort ou semblable à ton ami. Il m'a détaillé les tours dissimulés sous la litanie de noms bizarres. Mais tout le reste s'était évanoui. Il t'a complètement oublié. Alors, je lui ai relaté mes trouvailles. Les repas des vieillards, la colombe étouffée, la virée à Blois et la soirée parisienne. Je lui ai fabriqué des souvenirs sur mesure. Un sourire a fini par s'installer sur son visage, quelque chose s'était rallumé en lui. À chacun ses tours de magie.

XV.

Te voilà baron : Hubert de Mont-Vermeil, pour vous servir. Dans ton château du Périgord, où tu vis sous la férule de ta tante, une comtesse très attachée aux traditions, tu vois débarquer une bistrotière parisienne assez vulgaire, Nénette.

Vous ne vous connaissez pas mais à la mairie, où Nénette s'est rendue pour épouser son barman, on lui a dit que vous étiez mariés. Elle s'est alors souvenue que dix ans plus tôt, elle s'était fait dérober ses papiers. Ils avaient permis à une aventurière d'usurper son identité pour devenir ta femme. Tu suis ?

L'usurpatrice t'a abandonné depuis longtemps et un divorce permettrait de régulariser la situation. Seulement, un cardinal s'invite soudain chez vous. Hors de question de lui dévoiler la misérable vérité : la gouailleuse Nénette est dès lors condamnée à se comporter comme l'épouse d'aristocrate qu'elle est sur le papier…

Avec les copains du Foyer, vous avez choisi de reprendre *J'y suis, j'y reste*, cet immense succès du boulevard. Vous répétez pendant des mois. Les séances ont lieu le soir, en semaine. Je le sais grâce aux fleurs. Dans son petit agenda qui se replie en accordéon, une collégienne de quatorze ans trace une fleur stylisée les jours où elle te voit. Elle s'appelle Élisabeth. Au printemps 1972, son agenda est garni comme un parterre.

Elle a le nez droit, le front haut, les épaules rentrées. Elle est très brune. C'est une adolescente timide et sérieuse, aux contours encore mouvants. Comme toi, comme tout le monde, elle est en quête d'elle-même. Elle fréquente le Foyer depuis quelques mois seulement. Son père, employé de banque la semaine, pilier de la chorale paroissiale le dimanche, vous sert volontiers de souffleur lors des représentations théâtrales. Son dévouement lui permet de garder un œil sur vous.

Dans *J'y suis, j'y reste*, Élisabeth joue le rôle de Lucie, la soubrette du château. Quand elle te regarde, elle ne peut pas s'empêcher de sourire. Elle comprend assez vite ce qui lui arrive. Après tout, c'est au Foyer que ses deux sœurs aînées ont rencontré leur futur mari.

Toi aussi, tu es traversé par une sensation neuve. Une grande légèreté. Une forme de foi. Le besoin et la joie de sa compagnie. C'est à la fois banal et extraordinaire : vos deux gaucheries s'aimantent et tu reconnais les signes avant-coureurs qui jalonnent les chansons d'amour.

Vous vous offrez vos quotidiens minuscules. Tu décris tes tâches d'intérimaire et tu absorbes les échos de ses révisions, le stress des contrôles. Dans le soir qui tombe, vous jouissez de ce miracle accessible : être ensemble.

Le soir de la première, tu troques un peu trop tôt ta tenue de cheval contre une robe de chambre et tu passes le troisième acte à redouter que le bouchon de champagne ne saute avant l'heure – votre accessoiriste a eu la mauvaise idée d'en retirer le muselet. Mais le public rit de bon cœur des quiproquos en cascade et de ce choc des cultures entre les Titis parisiens et les Périgourdins guindés. Deux mondes qui vous sont aussi étrangers l'un que l'autre.

Un compte-rendu anonyme dans le quotidien local salue le *vent de fraîcheur et de jeunesse* de la soirée et regrette *la trop faible galerie, à croire que personne ne s'intéresse aux efforts que font les jeunes pour donner un peu d'animation aux petites communes.* L'affluence n'était pas si ridicule : cent soixante entrées en deux soirées. Mais à l'échelle d'Ingré, on peut considérer que cela reste modeste. Cela sent l'entre-soi.

Le correspondant du journal ne mentionne pas ta prestation de l'entracte. D'une voix que tu juges tremblotante, tu interprètes deux succès sortis deux ans plus tôt : *La Fête au village* de Monty et *L'Aigle noir* de Barbara. Élisabeth t'accompagne au piano. Derrière le rideau, les copains orchestrent un changement de décor. Mais à l'avant-scène, il n'y a plus que vous. Tes yeux balayent le public, remontent au plafond, courent au fond de la salle et s'aveuglent dans les projecteurs. Ceux d'Élisabeth, baissés sur la partition, se relèvent vers toi, attentifs à tes respirations et à ton pied qui bat. Ce sont des regards techniques – mais les témoins de votre attirance réciproque les chargent de sentiments.

Vous n'êtes jamais plus seuls qu'en cet instant. Depuis le début de votre histoire, vous ne vous fréquentez que dans le cadre des activités du Foyer. Même quand vous vous attardez pour discuter à la fin des séances, les autres ne sont jamais loin. Leur présence vous enveloppe. Contrôle et caution.

Vos cinq années d'écart ont d'abord nourri leur circonspection. Une forme d'évidence l'a terrassée mais votre proximité sur scène reste un scandale pour une brochette de vieilles filles boutonnées dans leurs gilets superposés qui voient partout planer le vice et la perdition, suspectent les voitures garées devant le Foyer d'abriter des actes que la morale réprouve, et pleurent le pieux patronage d'antan, remplacé par ce vulgaire *truc à mariages*. À vous regarder, elles s'habitueront ?

Je me posais la question au lieu d'écouter les explications du chef de chantier. Le conseil syndical avait organisé une réunion d'information dans notre cour. L'homme devait parler depuis un moment lorsqu'un voisin, d'un coup de coude, m'a invité à le suivre sur le toit pour inspecter la première tranche de travaux. C'était tentant. Une vision s'est imposée à moi : les occupants de l'immeuble étaient au sommet de l'échafaudage, un à un ils glissaient dans le vide et s'écrasaient sur les pavés. Il y avait du sang partout.

Tu viens ? Mes voisins m'attendaient. J'ai jeté un œil à une montre imaginaire et, prétextant un rendez-vous important, me suis mis à courir. Je me suis raconté que cette fuite me donnait une contenance mais dans la rue, même les rats n'y croyaient pas.

J'ai réalisé que je n'avais jamais visualisé ta chute. Sans doute me l'étais-je interdit. Quand j'y pensais, jusque-là, il n'y avait pas d'image. C'était un vertige, l'estomac qui se décroche comme au parc d'attractions.

J'avais aussi effacé les cris, le choc de l'impact, le craquement des os. Pas un son. Juste le bruit blanc du néant et nos vies hébétées.

XVI.

Qui peut bien sonner un dimanche matin ? Les pantoufles saumon de ta mère glissent sur le carrelage moucheté. Elle déteste l'idée de se présenter en bigoudis devant un inconnu – c'est forcément un inconnu, sinon il aurait frappé à la fenêtre de la cuisine. Mais si elle gagne la porte avant le deuxième coup de sonnette, ton père a encore une chance de se rendormir et c'est tout ce qui compte un dimanche matin. Sinon, la journée va encore être un enfer.

Ce n'est pas un inconnu, mais deux. Un homme et une femme, épaule contre épaule, petite moustache et sollicitude inclinée. Madame…, hésite l'homme, nous sommes venus prendre des nouvelles… de votre fils… après ce qui s'est passé hier soir… enfin vous savez. Ta mère fixe la moustache sans comprendre. Vous savez, entend-elle à nouveau. Son… son accident. Tempête sous les bigoudis. Ta mère plaque sa main droite sur sa poitrine, ouvre la bouche et se fige.

La femme qui lui fait face n'a aucun moyen de savoir que ta mère n'a enregistré qu'un mot sur deux, qu'elle n'a pas envisagé l'hypothèse d'une erreur sur la personne, qu'elle te voit déjà dans le coma, angoissée pour toi, pour elle, pour l'annonce qu'il va falloir faire à ton père à son réveil, pour le mariage de Claudine qu'il va falloir annuler ; cette femme ne peut pas deviner que ta mère prie de toute son âme pour être instantanément foudroyée parce qu'elle ne se sent pas la force d'affronter une telle situation ; elle ne sait pas non plus que tu n'es pas rentré chez tes parents la nuit dernière ; cette femme, en revanche, est à même de juger que la réaction de ta mère est quelque peu disproportionnée. Alors elle fait ce qu'elle imagine qu'il faut faire dans ces cas-là : elle projette un bras consolateur et des phrases factuelles. Elle ébauche un récit centré sur une main, où l'accident n'est qu'un simple choc. Elle vaporise des mots qui te ramènent à la vie. La femme insiste et ta mère enfin expire.

Ils sont désolés. La veille au soir, donc, ils étaient en voiture sur les petites routes de campagne, aveuglés par le soleil couchant. Heureusement que les freins étaient neufs, prévient l'homme. Il a fait tout ce qu'il a pu pour t'éviter, tu as déboulé comme un sanglier, sans regarder. Tu étais à ça de passer sous les roues. Votre fils a eu de la chance, insiste la femme, seule une main a été percutée. Le couple a proposé de t'emmener à l'hôpital mais tu n'avais pas le temps, tu étais en plein rallye pédestre, tu étais sûr que ce n'était rien, ton pouce était endolori mais si c'était cassé tu l'aurais senti. Vraiment. Tu as accepté de leur laisser ton adresse et tu as poursuivi ton jeu de piste.

Ta mère a remercié le couple. Tandis qu'elle ôte ses bigoudis, le soulagement reflue et la colère mijote. Elle attrape le bloc de papier à lettres. Elle écrit à Claudine : J'en ai par-dessus la tête. Semaine après semaine, dans les missives adressées à ta sœur, ta mère instruit ton procès. Tu ne tiens pas en place. Tu es toujours par monts et par vaux. Tu ne passes à la maison qu'en coup de vent. Tu as vingt ans, éternel intérimaire, et tu ne te préoccupes pas de ton avenir. Tu n'en fais qu'à ta tête.

Tu lui manques, elle est inquiète pour toi, mais comme elle est incapable de se le formuler ainsi, elle documente ses déceptions.

Ce dimanche soir de juin, tu rayonnes en rentrant à la maison : tu as gagné ton rallye. Et ton pouce, il a gagné ? Cet art de doucher la moindre joie…

Chez IBM, ton chef de service te fait appeler dans son bureau. Il en a vu passer, des vacataires. Mais toi ! Jamais il ne t'a entendu râler, pas même souffler de lassitude. Il a du mal à te cerner. Ça te plaît vraiment de distribuer le courrier, de parcourir des couloirs identiques toute la semaine ? Ma foi, oui. Alors il propose de te titulariser à la rentrée.

Une place en or, tranche aussitôt ta mère, on ouvrira du mousseux. Elle t'envoie acheter une bouteille. Puis se ravise : elle ira elle-même à l'épicerie. Elle passe aussi chez le boulanger, chez le boucher, à la pharmacie, promenant dans tout Villeneuve son triomphe. Soudain mondaine, elle se précipite au-devant des voisines bardées de paniers et de cabas, quémandant des nouvelles pour annoncer en retour celle qui lui brûle la langue. À toutes, elle répète : une place en or, une place en or, s'enivrant jusqu'à l'extase de son propre récit. Elle a quarante-trois ans et des provisions plein les bras. Elle peut respirer. Un emploi pareil fera de toi un homme rangé. Sa fille est casée, son fils inconséquent est sauvé. Après tant d'années à se ronger les sangs… Elle a envie de repasser toutes tes chemises. Il lui semble à présent – et c'est une impression violente – que le bonheur s'invite rue de la Gare. Un futur devient envisageable où la moindre seconde ne serait pas dévorée par l'anxiété. Cette grâce cependant lui donne le vertige. De quoi va-t-elle pouvoir se soucier maintenant ?

La lettre surgit comme un méchant réveil. L'armée te réclame pour le service. Ta mère fonce vers le buffet de la cuisine. Sa potion, vite. Dans sa boîte crânienne, la place en or vient d'exploser en vol, entraînant dans son sillage tout espoir de tranquillité. Elle pleure comme une enfant, elle pleure comme une vieille, elle gémit qu'est-ce que j'ai fait au bon Dieu, elle a honte de s'être abandonnée à la légèreté, et moi je ne comprends pas ton attitude.

Tu ne prends donc jamais les devants ? Tu n'anticipes jamais les contraintes ? Tu as déjà oublié tes trois jours ? Le 14 septembre 1972, peu après 9 heures, tu es arrivé à la gare de Blois en même temps que des dizaines d'autres jeunes gens de ta classe d'âge. Des camions militaires vous ont conduit à la caserne Maurice-de-Saxe où les premiers tests ont commencé : puzzle, mécanique, mathématiques. Au réfectoire, on t'a servi une salade de nouilles que tu as jugée dégueulasse, un steak-frites trop cuit, une banane trop mûre. Nouvelle série de tests l'après-midi : bâtiment, électronique, français. Le dîner a été servi à 18 heures. Maquereau à la tomate et bœuf bourguignon. Infects. Tu as préféré les seins de Sydne Rome dans *Che?*, ce Polanski vaguement érotique qui a fait bander tous les futurs troufions. Au retour du cinéma, extinction des feux à 21h30. Réveil à 6 heures. Pain sec, confiture de fraise, café au lait. Tests de morse dans la foulée. Poisson et salade noyés dans de la sauce tomate au déjeuner. Puis trois heures de visite médicale au terme desquelles tu as appris que ta tension était très élevée et que tu avais un souffle au cœur – ce qui ne t'empêchait pas d'être jugé apte. Place en or ou pas, tu serais donc incorporé.

Tu vois, j'ai retrouvé tout ça. C'est un échantillon. Sur le bureau de mon ordinateur, mon encyclopédie des savoirs inutiles sur ton compte prend de l'ampleur. Plus elle grossit et plus j'enrage de ne pas te comprendre mieux ; plus j'enrage et plus j'accumule de la matière vaine. Le mois dernier, j'ai potassé la géologie d'Ingré et la sociologie des ouvriers du bâtiment. À la bibliothèque, j'ai emprunté tous les volumes dont le titre comporte le mot orphelin. Tu savais que Confucius,

Mahomet, François Ier, Catherine de Médicis, Danton et la reine Victoria étaient devenus orphelins de père avant d'avoir atteint l'âge de trois ans ? Au prétexte d'une vague ressemblance physique, je viens aussi de passer deux nuits à visionner toute la filmographie de Patrick Dewaere. Clébard dément, je piste ton odeur mais ce n'est jamais la tienne.

Mieux vaut forer encore. Octobre 1973 : tu franchis ta première frontière. Guten Tag, te voici en Forêt-Noire, à Fribourg. Tu effectues ton service militaire au sein de la base des Forces françaises stationnées en Allemagne. Tu découvres un folklore tissé de rigueur et de non-sens. Tu goûtes l'absurdité des entraînements et l'arbitraire des corvées, rodant intérieurement des récits qui, à ton retour, feront se gondoler des tablées d'amis.

Un soir, tes oreilles bourdonnent du trop-plein d'ordres. C'est ce que tu crois dans un premier temps. Mais ça ne passe pas. Un médecin militaire habitué aux simulateurs t'examine. Ta tension l'inquiète. Des antécédents ? Tu es né bleu, d'après ce qu'on t'a dit. Transfert à l'hôpital militaire. Les examens se succèdent. Le dixième jour, on t'annonce que tu es réformé. La quille après trois semaines de régiment ? Voilà. Tu peux disposer.

Tu rentres chez tes parents, enfant prodigue officiellement fragile, fournisseur quotidien de frayeurs. Le mousseux gâché est oublié mais les murs de la cuisine te semblent encore plus verts qu'avant. Tu fuis au Foyer.

C'est un peu bizarre de retrouver Élisabeth si vite. Vous vous étiez préparés à une longue séparation, à l'endurance romantique d'une relation à distance. Vos souffles sont désaccordés. Tu lui racontes tes péripéties, elle l'ordinaire de ses jours d'automne.

Les onze mois que tu viens de gagner te désarçonnent. Tu pourrais t'accorder une semaine de randonnée et méditer sur tes désirs. Mais non. Tu te pointes chez Secrétariat mobile, ton agence d'intérim. La place en or est prise, mais tu n'es pas difficile. Tout te va. Parce que tes attentes sont médiocres ? Parce que l'essentiel est ailleurs ? Je crois que tu ne vois pas les choses ainsi. Plus je te regarde et plus ma conviction s'affermit : pas plus que le passé, le futur pour toi n'est pas un sujet. Tu vis au présent – et c'est une leçon que tu m'infliges.

XVII.

Tu n'as pas vu venir l'orage. S'il n'y avait que toi, passe encore. Mais il y a ce gamin dont tu t'es entiché. Il t'observe. Il attend tout de toi. La fin de la pluie, sinon un abri. Tu lui dis la vérité : le refuge est trop éloigné.

Il a six ans de moins que toi. Tu le regardes grandir. Au Foyer, deux soirs par semaine, tu l'entraînes au ping-pong. Tu l'aimes vraiment bien. Lui te regarde comme un grand frère idéal.

Au début de l'été, tu as senti qu'il avait besoin d'air. Comme il n'est jamais parti en vacances, tu as proposé à ses parents de l'emmener marcher une semaine dans la Vanoise. Ils t'ont immédiatement fait confiance. Vous avez bouclé vos sacs à dos, chaussé vos Pataugas et vous êtes montés dans le train.

La beauté de ce que vous voyez. Enfants de la Beauce, vous découvrez le relief, les horizons, la couleur. Les forêts de mélèzes. Vous apercevez des marmottes et des chamois. Vous longez des torrents, vous franchissez des ruisseaux.

Aux descentes caillouteuses succèdent des pentes d'herbes ponctuées de névés. Les paysages vous nourrissent.

Carte et boussole en main, tu mènes la marche. Sur les sentiers, Pascal parle sans cesse. De ce qu'il voit, de ce qu'il ressent, de ce qu'il vit. Il parle de ses flirts et de ses parents. Et tandis qu'il se confie, tes yeux s'emplissent de soldanelles et de centaurées, de gentianes et de saxifrages étoilées.

Vous n'avez pas emporté de livres. Vous marchez tout le jour et, le soir, vous déroulez vos sacs de couchage dans des granges ou dans des refuges aux noms inoubliables : l'Arpont, la Fournache, Péclet-Polset… Vous êtes si loin.

Tu n'as pas vu venir l'orage. Il a surgi de l'autre côté du glacier. Sous vos pieds le sol devient glissant. Le ciel s'obscurcit. La foudre menace. Le lac en contrebas est un trou noir. Tu vois bien que Pascal a peur. Toi, tu as peut-être peur de la confiance absolue qu'il place en toi.

Et puis, au loin, tu distingues une forme à travers la pluie. C'est ton unique espoir. Vous vous approchez. Une cabane de berger, ou ce qu'il en reste. Un peu de paille au sol. Vous êtes trempés mais sauvés. Tu rassures Pascal. Tu ne sais plus quel âge il a. Tu regrettes de ne pas avoir ton harmonica pour le bercer dans le noir.

Tu siffles les airs qui te passent par la tête. Pascal reconnaît *If You Go Away* de Terry Jacks, il l'a entendu dans une surboum, une merveille, c'est pas demain la veille qu'on produira des chansons comme ça en français. Tu ris et tu lui parles de Jacques Brel. Il ne te croit pas.

Voici Tignes. Dernière toilette de chat à la fontaine. La ville est une promesse de confort retrouvé, déjà mêlée de nostalgie. Au retour, il est plus de minuit quand le train vous dépose à Fleury-les-Aubrais. Le père de Pascal aurait pu venir vous chercher. Vous ne l'avez pas prévenu. Vous préférez avaler à pied les huit derniers kilomètres, prolonger dans la pénombre l'intimité, faire durer encore ce moment hors du temps, repousser le sevrage.

Pascal est troublé par ce qu'il a vécu, cette bouffée soudaine de liberté. Comment faire en sorte que ce ne soit pas juste une parenthèse ? Comment trouver la force d'inventer sa vie ? C'est à tout cela qu'il songe en rentrant chez lui.

Toi, tu continues ta route vers Villeneuve. Tu t'enfonces dans cette nuit de juillet. Tu remontes des rues que tu connais par cœur, c'est chez toi ici, mais tu sais que tu n'en as pas fini avec la montagne. Là-haut, tu te sens toi-même. Tout est plus simple. Tu veux y retourner à la première occasion. Avec Élisabeth. Avec les enfants que tu espères. Au moins trois. Tu voudras en faire des marcheurs, une petite troupe aux mollets rebondis qui saura déchiffrer les étoiles et les balises colorées des chemins de grande randonnée.

Tu n'as pas eu le temps de m'apprendre à lire le ciel. Tu ne m'as pas non plus appris à pédaler. Tu ne m'as pas appris à pisser debout. Tu ne m'as pas appris à distinguer les modèles de bagnoles. Tu ne m'as pas appris à jouer au foot, au basket, au tennis. Tu ne m'as pas appris à courir vite. Tu ne m'as pas appris à faire des avions en papier. Tu ne m'as pas appris à construire des cabanes. Tu ne m'as pas appris à allumer un feu. Tu ne m'as pas appris à raconter des blagues. Tu ne m'as pas appris à manier des outils. Tu ne m'as pas appris à placer ma voix quand j'ai mué. Tu ne m'as pas appris à parler politique. Tu ne m'as pas appris à conduire. Tu ne m'as pas appris à boire. Tu ne m'as pas appris à me raser. Tu ne m'as pas appris à nouer une cravate…

Quand j'étais le fils de Dieu, faute d'avoir un père à disposition ici-bas, je rêvais parfois qu'un grand frère m'était miraculeusement envoyé pour m'ouvrir la voie. Je ne voyais pas son visage, il marchait deux pas devant moi. Il me précédait partout et c'était merveilleux : je n'avais qu'à l'imiter pour être un garçon comme les autres.

XVIII.

Avec Claudette, le courant est tout de suite passé. Chez Bineau & Cie, vous partagez le même bureau. Vous êtes les deux plus jeunes employés de l'entreprise. De l'autre côté de la cloison, il y a les commerciaux, puis une secrétaire et, tout au fond, le vaste magasin de produits chimiques.

Vous êtes dactylographes facturiers. Votre tâche consiste à codifier les bons de commande envoyés par les clients de l'entreprise – principalement des drogueries et des graineteries. De 8h30 à 17 heures, un stylo chacun, vous remplissez les formulaires de codes, vous précisez les prix et les remises. Noircies d'annotations, vos piles sont ensuite remises au service informatique. Claudette t'a prévenu : ce travail n'a aucun intérêt.

Au début, ta placidité la déconcerte. Tu es d'humeur égale. Les vexations minables glissent sur toi. Elle dit aux copines : Philippe, c'est jamais un mot plus haut que l'autre. Claudette, elle, se fâche pour deux. Elle démarre au quart de tour à la moindre contrariété. Surtout, elle ne supporte plus Jeannine, la responsable des commandes, qui se donne des airs. Si Jeannine continue à la prendre de haut, rumine Claudette, un jour ou l'autre, ça va partir. Elle maugrée : c'est pas parce qu'on couche avec le patron qu'on a tous les droits.

En général, tu décoches une plaisanterie qui lui change les idées. Ou alors tu t'aperçois que tu t'es encore trompé de code, fichus codes, et tu te dépeins en incompétent fini, ça l'amuse, tu imagines le vieux débarquant de sa Normandie pour tous vous engueuler, comme la dernière fois. Alors Claudette prend le relais, elle le campe à merveille, votre patron aboyeur et suffisant, et de fou rire en fou rire, la matinée finit par s'écouler.

Tu évoques aussi tes parents, parfois. La possessivité de ta mère. Les éruptions de ton père, qui ne sait plus quelle colère chevaucher. Tu relates son humiliation quotidienne face au spectacle des camions qui se garent devant chez vous à l'heure du déjeuner. Il peste d'impuissance, gueule face à la fenêtre obstruée de la cuisine. Il est persuadé que les routiers le font exprès. Il aimerait avoir le courage d'aller dire de quel bois il se chauffe au resto d'en face où les routiers sont attablés. Ça fait dix ans que ça dure. Dix ans que ta mère suggère qu'ils déjeunent dans la salle à manger si ça lui pèse, il y a juste une porte à franchir, mais il est chez lui, il ne va quand même pas céder.

Les voisins de l'usine, eux, osent venir se plaindre. Ils disent qu'ils voient friser leurs haricots verts, que c'est à cause de vos produits. Vous ne savez pas quoi répondre mais vous les croyez : lors des livraisons de wagons d'acide, un brouillard intense nimbe votre bâtiment et la gorge vous pique jusqu'au lendemain.

Et sinon, des projets pour le week-end ? Le jeudi après-midi, Claudette te pose systématiquement la question. Dès qu'il fait beau, tu pars camper. Dans quelques mois, Élisabeth se joindra peut-être à toi. Claudette sourit : elle aussi a un petit ami. Il est d'Ingré. Certains soirs, quand elle doit le retrouver, vous faites la route ensemble dans ton Ami 6 jaune.

Elle trouve que tu as bon cœur. Tu lui dis que la Faculté ne partage pas cet avis. Au fond, tu n'en mènes pas large. Ton service militaire écourté t'a valu un billet pour Paris. Huit jours de check-up à Necker début juillet. Les conclusions de sortie sont limpides. Bonne nouvelle : ton souffle au cœur paraît anodin. Moins bonne nouvelle : tu es atteint d'hypertension artérielle. *Malade à surveiller régulièrement*, note le médecin.

J'examine les multiples électrocardiogrammes qui vont jalonner tes prochaines années. Je pourrais en tapisser le mur qui me fait face. J'ai un peu bu ce soir et avec des percussions de fortune, j'essaye de jouer ton rythme cardiaque. Jazz domestique, la musique de ton cœur me plaît.

Je t'embarrasse ? OK, j'arrête. Je te renvoie chez Bineau. Laisse-moi juste choisir un jour sans brouillard. Voilà. Tu y es. C'est un mercredi. Tu as du travail mais pas trop. Tu vas avoir le temps d'écouter Claudette. Elle est furibarde.

Elle vient de découvrir qu'on lui a sucré la moitié de sa prime annuelle. Elle a exigé des explications. La direction lui reproche une erreur sur une facture. Claudette, hors d'elle, est certaine que Jeannine a mis de l'huile sur le feu.

Entre nous, je n'en sais rien. Mais ça t'attriste de voir ta collègue dans cet état. Suffisamment pour te lever, aller trouver le chef du personnel et plaider la cause de Claudette. Tu racontes que l'erreur de code était de ton fait. Ta voisine de bureau récupérera sa demi-prime. Problème réglé. Lorsqu'elle l'apprend, le lendemain, elle est aux anges : Tu vois que tu as bon cœur.

Tu n'oublieras pas de lui annoncer que tu as décidé de tout plaquer ? Je sais que sur ce sujet, tu te débats avec les mots. Les premiers copains mis dans la confidence n'ont pas compris. Qu'un ouvrier se rêve employé de bureau, c'est habituel, c'est *le progrès*. L'inverse, pour eux, est inconcevable. À moins de le dire autrement : avec un métier manuel, tu pourrais un jour te mettre à ton compte, ne pas avoir de patron. Ça, ils pourraient l'entendre. Mais ce n'est même pas ta préoccupation. La vie de bureau n'est pas pour toi, c'est tout. Tu as été loyal, tu as mené l'expérience. Mais une année supplémentaire le cul sur une chaise ? Rien que d'y penser, tu es pris de crampes.

Tu as décidé de t'écouter. Tu as le courage de ne pas être moderne.

Quand je suis descendu, ce matin, un des couvreurs de notre immeuble était dans la cour. Il confectionnait des tas d'ardoises qu'il hisserait ensuite à la poulie. Pour me donner une contenance, j'ai entrepris d'arroser les plantes et j'ai engagé la conversation. Il a fait comme s'il ne se souvenait pas que je m'étais lamentablement enfui le jour de la visite de chantier ; il n'a pas non plus fait état de la pluie tombée en abondance la nuit dernière. Le crâne rasé, des mains immenses au bout des bras, il m'a semblé plus jeune que moi, et plus musclé. Lui trouve son corps déjà très abîmé. Mal aux genoux, mal au dos. Pourtant, il ne pourrait pas faire autre chose. Il ne pourrait pas se passer du danger, qui l'alimente en adrénaline. Il ne pourrait pas se passer de la latitude qu'on lui laisse sur les chantiers. Couvreur, a-t-il lancé, c'est un métier de mec libre. Là-haut, personne ne t'emmerde. C'est comme une rando solitaire.

J'ai pensé à ta virée en Vanoise, à ton goût de l'altitude, et je me suis demandé si, sur notre colline parisienne, ce couvreur ne venait pas de me livrer une clé. Son image était sans doute éculée, mais il l'avait mobilisée avec sincérité et j'ai eu envie de croire qu'elle s'appliquait à toi. D'un coup, des pans de ta vie étaient reliés. Une cohérence apparaissait.

J'en avais terminé avec les plantes et j'ai annoncé au jeune couvreur que j'allais le laisser travailler. J'ai ajouté que je ne voudrais pas courir le risque de mettre le chantier en retard mais ça ne l'a pas fait rire. Je suis allé ranger l'arrosoir au fond de la cour. Quand je suis repassé devant lui, il a semblé hésiter, puis il m'a dit : Vous auriez dû monter, l'autre jour. C'est beau, les toits de Paris. On dirait la mer.

XIX.

Tu ne supportes plus l'odeur du lait chaud. Tu ne supportes plus ton père. Tu ne supportes plus l'odeur du lait chaud de ton père. Tu as l'impression qu'elle traverse le plafond de la cuisine pour s'engouffrer dans ta chambre tandis qu'à la surface de la casserole, une peau gluante et doucereuse se forme. En descendant l'escalier, tu respires par la bouche, jusqu'à ce que l'arôme du café l'emporte et rende l'air respirable à nouveau.

Ce matin, tu as dit à ton père que dorénavant tu prendrais ta voiture. Jusque-là, tu préférais économiser l'essence : ton père te déposait à la gare d'Orléans et, une fois arrivé à Tours, tu prenais le car. Mais plusieurs fois le train a eu du retard et tu as raté la moitié du cours de dessin technique. Déjà que ce n'est pas ton fort…

Tu t'es offert cette petite Fiat blanche un peu avant Noël. Un cadeau pour marquer la fin de la vie de bureau, et le début d'autre chose. Tu as pris un crédit. Tes parents ont jugé que c'était une folie.

Le plus simple, c'est de rejoindre la Loire et de longer son cours sur 100 kilomètres. Saint-Ay, Meung-sur-Loire, Beaugency, Blois, Chaumont, Amboise, Montlouis, La Ville-aux-Dames. Reste alors à franchir le Cher et à rouler jusqu'à Veigné, au sud de Tours. C'est là, dans la forêt qui court vers l'Indre, que se trouve le Passoir. Construits après guerre, les baraquements ont d'abord accueilli des rapatriés d'Indochine et d'Algérie. Le camp a ensuite été transformé en Centre de formation professionnelle pour adultes. Tu y es inscrit pour sept mois.

Dans la section plomberie, vous êtes douze stagiaires. La première semaine, vous avez fait connaissance. Les gars viennent de Chinon, du Mans, de Paris. Ils ont tous la petite vingtaine. Il y a aussi deux Noirs de Fort-de-France qui ne se quittent jamais. Ils vous font rire en chantant *Salade de fruits*, le vieux tube de Bourvil. Ils n'ont pas vraiment de prénoms. Quand vous parlez d'eux, vous dites : Nos Martiniquais.

Dans l'atelier numéro 2, celui qui vous est assigné, tu apprends à découper du zinc à la cisaille, à assembler des tubes, à souder des tuyaux, à les dessouder au chalumeau. Tout est chronométré. Tu démontes des cuisines entières. Tu installes des lavabos, des douches, des bidets, des WC. Et lorsque tes cloisons sont épuisées, tu rebouches les percements avec du plâtre.

Quand tu as commencé cette formation, tu ne te doutais pas que tu te découvrirais des goûts pour des outils, des gestes, des matières. Tu sais maintenant que ta préférence va au cuivre – plus propre que le plomb, moins barbant que le plastique. Tu discutes avec les moniteurs. Tu te sens à ta place. Tu as le sentiment d'avoir trouvé ta voie. C'est ce que tu expliquais à Élisabeth hier soir, en lui souhaitant de bientôt trouver la sienne.

Tous les deux, vous apprenez la distance et le temps. Vous vous retrouvez tous les week-ends, mais les soirs de semaine ne sont plus rythmés par les répétitions de chants, les filages de spectacles et les préparatifs de rallyes, cette saturation d'occupations qui vous offraient un cadre et un prétexte pour vous voir. À Veigné, tes habitudes se renouvellent. Belote le lundi, « Les Dossiers de l'écran » le mardi et, s'il n'est *pas trop tarte*, le film du mercredi. Le jeudi, si tu finis tôt, tu joues au tennis : à Montbazon, le village voisin, un court se loue 7 francs de l'heure. Mais il faut rentrer sans tarder – à la cantine, le dîner est servi à 18 heures. Après, tu bouquines.

Sur ta table de chevet, on trouve *Vipère au poing*, quelques numéros de *L'Express* et *L'Appel du Christ ressuscité*, un bouquin prêté par Mademoiselle Aurore, la *dame du curé*. En ce moment, tu es plongé dans un recueil de témoignages sur les expériences de mort imminente. Tu cherches à mieux comprendre ton père – on en est tous là.

Opéré d'une hernie, il a fait une sévère embolie pulmonaire. Les chirurgiens ont réussi à le sauver ; ton père a surtout retenu qu'ils avaient failli le tuer et s'est promis, en conséquence, de ne plus jamais remettre un orteil à l'hôpital. Mais cet homme qui, en cinq décennies, n'avait guère su se confier, est rentré chez lui avec un récit bouleversé de sa presque mort. Il a dit : J'ai vu une dame avec plein de machins bleus. Encouragé par ta mère, il a précisé que la dame était grande et que les machins étaient des voiles flottant comme sous l'effet d'une brise. Il a ajouté qu'on ne pouvait pas imaginer quelque chose d'aussi parfait. Puis il a jugé qu'il avait assez parlé. Ça ne l'a pas réconcilié avec les curés, ça ne l'a pas rendu moins désagréable, mais ça t'a poussé à te documenter.

Sur ta gauche, des balbuzards survolent le fleuve. Quand tu accélères, ta Fiat est aussi légère qu'eux. Elle ne fait pas moins de bruit que l'Ami, mais elle glisse. C'est comme une percée de Rocheteau. Dans huit jours, tu regarderas la finale de la Coupe d'Europe avec les copains. Tu as déjà livré ton pronostic : le Bayern vainqueur par 3 à 1. Tu espères te tromper.

Dans un virage, tu tournes le volant mais les roues refusent de suivre, tu freines comme un fou mais déjà la Fiat bascule dans le fossé, tu te cognes, tu es baladé comme une balle, la voiture est retournée, mais l'élan la renverse à nouveau, elle fait un deuxième tonneau, s'immobilise enfin.

La Fiat ne prend pas feu.

Elle n'explose pas.

Tu lâches ce volant inutile et tu respires. Tu vois bien que tu n'es pas mort. Tu n'as que des égratignures.

À quoi pense un miraculé ? À sa note en dessin qui ne va pas s'arranger. Aux mensualités qu'il lui reste à honorer. Au lait chaud du lundi matin. À la colère de ses parents.

Tu passes la semaine à la redouter, cette colère, à en imaginer la puissance et la structure, les éructations de ton père, les lamentations de ta mère, tu les entends déjà, Qu'est-ce que j'ai fait au bon Dieu…, les premiers mots qui tremblent et le bon Dieu dans les aigus, mais lorsque tu débarques rue de la Gare, le vendredi soir, ils ont oublié la Fiat.

Le matin même, à la maison, un gamin est venu frapper au carreau. Un coup de téléphone attendait ta mère au Café de la gare. C'était l'hôpital d'Orléans. Cinq mois après y avoir été admise pour une fracture du col du fémur, Rachel Charpillon, qui avait depuis longtemps perdu le goût de vivre, venait d'y mourir à l'âge de quatre-vingt-deux ans.

Sauvé par la vieille.

Vous êtes six à entourer le cercueil de ta grand-mère dans la chapelle de l'hôpital. Ce sont les premières obsèques auxquelles tu assistes. Tu affiches une tristesse contenue. Pas mon genre. Aux enterrements, je suis secoué de sanglots et je pleure abondamment. Je suis bouleversé par les funérailles des gens que j'aime comme par celles de connaissances plus lointaines. Je me fais un peu honte de ce spectacle, mais je n'usurpe aucun chagrin. Le jour de ta mise en terre, j'avais été confié à une voisine, le temps de la cérémonie. Depuis, pour moi, chaque enterrement est un peu le tien. Je t'ai enterré avec ton père, avec ta mère, avec un copain, avec un cousin, avec des parents d'amis, avec une pop-star, avec un chef d'État. Je n'ai jamais fini de te dire adieu.

XX.

André entre sans frapper. Il te pose une main sur l'épaule et sa dernière acquisition sous le nez. Non mais t'as vu les obus ? Non mais t'as vu ? Tu ne vois que ça. Des seins énormes. Tendus. Envoûtants. Tu rougis. Ce corps tout nu recouvre ta lettre, celle que tu étais en train d'écrire à Élisabeth.

Tu veux virer André mais il s'incruste. Il attrape ta bouteille de Coca, boit une gorgée au goulot. Le con. Il s'accroupit contre toi et se met à gémir, il implore comme une fille, oh Philippe, oh oui, prends-moi, vas-y, comme ça. La chaleur qu'il crée dans ta piaule t'embarrasse.

André chuchote. Dans ton oreille son souffle t'excite un peu. Tu sens ses cheveux sur ta joue, dans ton cou. Tu libères un rire nerveux. Tu lèves la main pour écarter André mais il se redresse brusquement et plaque sa boucle de ceinturon dans ta paume. Tu grognes La barbe !, voix bien virile, et tu le repousses. André halète et reprend sa revue poisseuse. Il la défonce à coups de bassin. Il crie Philippe, Philippe, et plie en deux la fille en papier, Philippe, han han, puis, les yeux révulsés, il se laisse tomber sur ton lit.

Dans une parodie de démarche scientifique, André prétend vouloir associer chaque stagiaire du baraquement à un type de femme ; il veut pouvoir réduire Guy à son penchant pour les blondes à peau laiteuse et Michel à sa jubilation devant un cul ferme et bronzé. En réalité, André cherche surtout des partenaires de branlette. Tu sais que dans votre couloir, il finit parfois par en trouver. Des types qui ont été élevés comme toi, pourtant, dans la glorification de la virginité et la terreur des épanchements séminaux.

Tu ne veux pas savoir ce qu'André fout sur ton lit. Tu ne décolles pas de ta chaise en skaï. Tu attends qu'il se lasse. Quand il se lève enfin, il marmonne : T'es vraiment coincé du cul, mon vieux. Tu sais qu'il repassera bientôt, pour taper de la petite monnaie ou un paquet de gâteaux.

Tu prendrais bien une douche.

Tu finis ton Coca.

Tu te demandes si tu es normal.

Tu écris sans cesse à Élisabeth. Tu commences le lundi midi, puis tu ajoutes un paragraphe dès que tu as une pause, à 18h29, à 19h56, à 23h07. Tu poursuis le mardi, à 7h40, à 8h35, à 12h27, tu rêves de raconter en temps réel, jusqu'à la dernière seconde, cet instant fiévreux du mercredi matin, celui-là même qui voit Élisabeth, à Ingré, poster une enveloppe pour Veigné.

Le lendemain, vos lettres respectives arrivent à destination. Le jeudi est un beau jour pour vous. Dix fois tu relis ses mots. Jamais une fille ne t'a écrit comme ça. (À la réflexion, aucune fille ne t'a jamais écrit.)

Le vendredi, vous vous retrouvez. Tu passes chez ses parents juste après avoir avalé la soupe de ta mère – c'est non négociable. Puis les activités du Foyer vous réunissent tout le week-end. Et déjà c'est un autre lundi, une autre lettre à commencer. Vous avez l'impression, ainsi, de ne jamais vous quitter.

Ma chérie. Ma petite chérie. Ma Nounou. Petite mère. Ma Babeth chérie. C'est la ronde des hypocoristiques. Tu détailles la banalité des jours. Le réveil de 6 heures tambouriné aux portes, les cours, les copains, et cette vague de chaleur qui ne s'arrête pas. Tu exposes les menus : rillettes-poule-riz-fromage-banane ; sardines-petit salé-lentilles-fromage de chèvre-orange ; cornets de jambon à la macédoine-langue de bœuf-purée-fromage-compote-gâteau. Ce n'est jamais assez ; tu fais des orgies de Choco BN pour compléter.

Tu racontes ce qui t'amuse, en espérant son sourire. Ta gueule de clown blanc quand tu travailles le plâtre. Les batailles de peaux d'orange à la cantine. Tes chamailleries avec Damart, qui derrière la cloison fait hurler sa radio – tu l'as rebaptisé Thermolactyl, tu es assez content de toi.

Tu imagines les journées de ta bien-aimée. *Il est 7h20. Que fais-tu à cette heure-ci ? Je crois que tu es sortie à 5 heures aujourd'hui. Alors tu dois être à tes devoirs. Je te vois d'ici. Assise, la jambe gauche croisée sur la droite (le contraire de moi), tes livres sur la gauche de ta table de travail, un cahier sous ton nez. Tu travailles. Comment es-tu habillée ? Il fait soleil mais tu dois avoir ton pull vert et ton pantalon en velours. Je me trompe peut-être. Ton visage je l'ai dans les yeux et je lui souris.*

Tu souris à ton lit, à ton lavabo, à ton bureau. La visite d'André est oubliée, ta chambre est redevenue ce sanctuaire dédié à une chaste rêverie amoureuse. Au début, tu écris comme ta grand-mère : *Je t'envoie mille baisers ma chérie et à bientôt de te revoir.* Puis, peu à peu, tu t'enhardis : *Je voudrais t'avoir sur mes genoux, te caresser les cheveux, t'embrasser tendrement.* Tu réclames une photo d'elle, tu l'épingleras sur le panneau de liège, à côté de ton emploi du temps.

Tu penses à elle. Tu penses à vous. Tu l'aimes de tout ton cœur. Rien ne vous séparera. Le pack universel des sentiments incandescents. Tu n'écris pas Amour sans majuscule, comme la Magie autrefois. C'est le temps des serments et du nous deux c'est différent. Vous échangez de l'allégresse. Vous savourez votre chance. Tu écris ta conviction : *Tu es mon premier Amour mais tu es le bon. Dieu serait passé par là que ça ne m'étonnerait pas.*

Tu caresses le fantasme d'un enlèvement romantique tout en planifiant la rencontre de vos familles. Tu vibres de l'exaltation des puceaux et tu t'inquiètes de tes notes. Tu as honte de faire autant de fautes et d'écrire comme tu parles. Tu te corriges. Tu racontes que tu vas *au toubib*, puis tu ratures, tu remplaces par *médecin*. Mais tu laves *le parterre*, tu donnes rendez-vous *après manger*, tu rentreras *de bonne heure* – et là, c'est systématique, tu écris : *de bonheur*.

Parfois, tu accompagnes les gars boire un verre au bar de Montbazon. Deux d'entre eux passent tout leur temps libre à Tours, à frimer aux abords de la fac de Lettres. Ils draguent des étudiantes. Ils disent qu'elles s'emmerdent avec les petits intellos et qu'elles n'attendent que ça, des mecs comme vous. Tes copains sont mariés mais tu comprends, plaident-ils, y a pas de mal à se trouver des femmes pour la semaine. Régulièrement, ils essayent de t'embarquer. Ils t'expliquent qu'une nuit à Tours, ça te débloquera un truc. Tout te paraîtra plus simple, après, même le dessin technique.

Tu affirmes que ça ne t'intéresse pas, et tu t'aimes de résister à la tentation. Ta vertu nourrit ton romantisme : si tu résistes, c'est que ton amour est fort. C'est aussi la preuve que tu as le sens des responsabilités : même si *ce satané Amour physique* te démange, tu sais qu'il ne faut pas faire de bêtises.

Tes copains qui baisent, eux, s'amusent de te voir trop plein d'une énergie que d'interminables parties de ping-pong suivies d'épiques batailles de polochons ne parviennent jamais tout à fait à épuiser.

Sont-ce là des choses dont un père parle à son fils ? Je suis le premier surpris de m'être faufilé dans ton intimité sans gêne particulière. J'imagine que c'est lié à mon âge. Il y a longtemps, maintenant, que je suis plus vieux que toi.

L'année de mes trente ans, j'ai voulu m'étourdir de vent et de camaraderie. J'ai prié une ribambelle d'amis de me rejoindre sur une île bretonne. Un train jusqu'à Paimpol, des taxis, un bateau. Un chemin qui serpente bordé d'hortensias blancs. Au pied de la chapelle, deux maisons aux volets rouges encadrent un jardin de curé.

Je les revois : quatre corps se rapprochent. Les épaules se collent, les membres s'enchevêtrent, les cheveux se confondent. Ils gloussent de se toucher autant. C'est un mur de hoodies et d'anoraks, un rempart vivant. Ils repèrent des courants d'air et se serrent davantage. Ils se plient tous ensemble. Ils s'agitent dans leurs jeans trop larges. Ils font au mieux. Ils essaient d'allumer un feu dans la tempête.

Il y a des transats jaunes sous un figuier et des verres de cantine sur la toile cirée trouée. Des boules de pétanque en plastique roulent au pied des agapanthes. Autour du barbecue, la mêlée est toujours plus compacte. Soudain les rires qui s'en échappent se transforment en vivats. Les premières flammes jaillissent. Les grillades sont sauvées. Tout est simple et bon.

Plus tard, nous marchons sur la lande. Un souffle incessant brosse les bruyères, les ajoncs, les fougères. Mes amis me trouvent silencieux. Comment leur expliquer que je te parle ? Peut-être aurais-je dû leur signifier ce que ce seuil représente alors pour moi. Peut-être aurais-je dû leur parler du scandale qui se profile : dans quarante jours, si je suis en vie, j'aurai dépassé ton bail terrestre. L'ordre des générations sera rompu et – je frémis à cette perspective – je deviendrai ton aîné. Je rumine en défiant les rochers acérés mais bientôt l'air marin aspire ma tempête intérieure et libère mes cris silencieux. Il me porte.

À cette époque, je cherche le vent partout. Je suis comme un asthmatique accroché à son inhalateur. Dans Paris, j'ai repéré les zones généreuses en courants d'air. Ceux qui s'engouffrent entre les quatre tours de la BnF sont exceptionnels. Là, pris dans un souffle qui me dépasse, je respire, j'écoute le ciel et je vais mieux. J'entends des voix si on veut.

XXI.

Il existe trois catégories de maisons : celles où ce qui compte n'est jamais formulé ; celles où l'on sait se dire les choses importantes ; celles enfin où les rituels ménagers sont des tuteurs nécessaires à l'expression – c'est dans l'occupation des mains, l'exécution mécanique de tâches mille fois répétées que le courage vient se nicher. La maison des parents d'Élisabeth appartient à cette dernière catégorie.

Elle n'a pas *choisi* de parler à sa mère. La question ne s'est pas posée : depuis toujours, c'est à sa mère qu'elle s'adresse, c'est tout. Son père gagne de l'argent, bricole, jardine, conduit ; mais il n'aurait pas l'idée farfelue de bavarder avec ses enfants ou de cuisiner – c'est un père.

Élisabeth, en revanche, a choisi le lieu et le moment. Elle parlera dans la cuisine, pendant le cérémonial de la vaisselle. Au lavage, la mère, debout face à l'évier. À l'essuyage, la fille, allant de l'égouttoir aux placards, faisant halte sur la toile cirée, punaisée à même la table, où les piles se forment. Dans cette chorégraphie, jamais les regards ne se croisent. Le mouvement camoufle la nervosité tandis que dans la bassine, le fracas des couverts éclate les silences enflés comme des bulles de savon.

La durée de la tâche est idéale. Elle offre le temps d'une discussion sans laisser la possibilité de s'éterniser – d'autres devoirs attendent la maisonnée. Une discussion longue signalerait une rupture dans l'ordre des choses. Elle annoncerait le temps des tourments et déclencherait dans les cœurs des alertes invisibles. Des silhouettes frôleraient les portes en verre dépoli de la cuisine, celle qui communique avec la salle à manger et celle qui donne dans l'entrée. C'est par cette deuxième porte qu'Élisabeth sortira si son courage se dérobe, si la discussion tourne mal ou si trop d'émotions l'assaillent. Elle pourra s'isoler aux toilettes, monter dans sa chambre, descendre au sous-sol, sortir dans le jardin. Trois tasses déjà sont essuyées. C'est maintenant qu'elle doit parler.

Rue de la Gare, tu es moins impressionné. Tu sais que la nouvelle sera bien accueillie. Tu te lèves pour servir la soupe. La louche est un bâton de parole. Celui qui l'attrape est sûr d'être écouté. Vers toi se tendent les assiettes et un semblant d'attention. Même les serins dans leur cage sont aux aguets. À l'instant où tu devrais proposer la goutte de lait rituelle, tu t'élances.

En juillet, pour vos premières vacances ensemble, tu as offert à Élisabeth tes plus beaux paysages et les vibrations de la Vanoise. Ce cadre était un don doublé d'une assurance : un terrain connu qui te permettait d'être un guide et de cheminer en confiance. Elle s'est appliquée à aimer ces sentiers autant que toi. Elle y a déposé un peu de son anxiété. À la fin de l'année scolaire, angoissée par l'accumulation de savoirs inutiles, incapable de repérer du sens dans les filières qui l'attendaient, elle a abandonné sa prépa scientifique, lâché des ambitions qui n'étaient pas les siennes. Elle rêve d'une vie simple et féconde. Son projet, c'est toi, c'est vous, le reste suivra.

Deux mois plus tard, chacun dans sa cuisine, vous déroulez des phrases apprêtées tout l'été. Dépourvus des hardiesses des cimes, vous vous en tenez pourtant à la fermeté convenue. Vous ne demandez pas d'autorisation. Vous faites connaître votre décision : vous allez vous marier.

Chez toi, une onde festive parcourt aussitôt la cuisine. Le temps des trois premières cuillerées de soupe, on croirait presque à du bonheur. Ta mère pépie, ton père bougonne gentiment, ils s'animent. Mais ça ne dure pas, ça ne peut pas durer. Ils entrevoient ce qui les attend : la diplomatie des invitations, les dépenses à provisionner, les tenues à sélectionner, l'effrayante logistique d'un banquet, et toutes ces pensées épongent chaque molécule d'entrain comme les reliefs de leur potage sous la mie de pain.

Élisabeth, de son côté, a surmonté son trac à grand-peine. Surgi dans l'entrechoc des couverts, l'avertissement maternel la prend au dépourvu : On ne se marie pas par pitié.

Un couvercle de casserole pour tout bouclier, elle absorbe le coup dans ses torchons. Elle comprend l'inquiétude de sa mère, elle n'a que dix-huit ans. Mais cela va faire cinq années qu'elle t'a rencontré, elle n'agit pas sur un coup de tête…

Dans ce coin de cuisine, Élisabeth frotte et dispose, redoublant de délicatesse. Comme si sa capacité à empiler les assiettes sans bruit était l'étalon de sa maturité. Elle sait que dans sa famille, tout le monde t'aime bien. Alors quoi ? Elle se répète les mots de sa mère. Ils sont dénués de préventions contre ta personne, mais ils interrogent la nature de son élan et la solidité de votre ciment.

C'est inavouable et vrai : sa mère a raison. Bien sûr qu'elle a pitié de toi. Bien sûr qu'elle veut te sortir de ta maison si triste et t'arracher à tes parents morts-vivants. Elle a pitié de ton impatience, aussi. Cet été, vous avez été sages, mais tes vingt-trois ans exsudent un désir grandissant. *Désir* n'est pas un mot que tu emploies volontiers ; tu verbalises cependant une certaine urgence. Si ton audace effraie, tu reformules – pour elle autant que pour toi : tu deviens l'objet d'une attraction qui te dépasse parce qu'elle fait partie d'un plan divin. Tu prends ta joie pour de la foi.

Vous vous fiancez en décembre. Quand tes parents arrivent chez ceux d'Élisabeth, tu as trop chaud dans ton costume en laine. Tu te demandes si tu parviendras à enfiler la chevalière sur laquelle Élisabeth a fait graver tes initiales. Tu remarques le regard perdu de ton père. Ta mère, parée comme le sapin de Noël, situe bien tes futurs beaux-parents, elle les a croisés quelquefois. La mère d'Élisabeth l'impressionne un peu : simple et avenante, généreuse, toujours bien mise. Pour elle, c'est une grande dame, c'est ce qu'elle a dit à son mari. Toisant telle une énigme cette femme qui lui arrive à peine à l'épaule, ton père guette en vain le surgissement d'une géante. Tu glisses deux doigts entre ton col et ton cou. Tu t'éclaircis la voix. Tu sors une pitrerie de ton chapeau qui dissipe la gêne.

En cadeau de fiançailles, vous recevez une cafetière Moulinex et quelques pièces d'une ménagère en grès. Élisabeth, en chemisier vieux rose, trouve la vaisselle bien plus jolie que celle qu'elle dispose toute la journée dans les rayons d'Auchan, où elle construit son indépendance financière le temps d'identifier un métier qui lui corresponde. Ce service lacunaire est une marque de confiance : il a vocation à être complété le jour de vos noces, l'été suivant.

Vous voudriez survoler l'année. Au cours d'une séance de préparation au mariage, le père Bourdeau, invariablement onctueux, vous met en garde : le repli fusionnel menace. Vos oreilles entendent. Mais comment lui dire ? Comment lui faire comprendre ? Fusionner, vous n'attendez que ça. Être seuls enfin et ne faire qu'un, délestés pour un temps de vos bandes, de vos groupes, de vos familles, de cette multitude qui toujours vous entoure.

Le prêtre vous envoie faire une retraite chez les jésuites, à Clamart, avec d'autres fiancés. Les jeunes femmes s'expriment avec aisance ; les chevalières des autres garçons sont armoriées ; l'un d'eux travaille à l'Élysée. Élisabeth n'ose pas dire qu'elle va passer l'été à torcher des vieillards dans une maison de retraite avant d'attaquer un BTS d'économie sociale et familiale. Tu n'oses pas raconter que cinq jours par semaine, tu gravis des escaliers avec une baignoire sur le dos. Le monde tout à coup vous semble vaste et hostile. Vous haïssez l'horloge de ne pas avancer plus vite.

Chez nous, la pendule était en ardoise, frappée de petites lettres dorées. *Tempus fugit*, elles proclamaient, mais ce n'était pas vrai, le temps ne s'enfuyait pas. Lors de nos visites au cimetière, j'avais lu sur les plaques funéraires une double promesse. La première semblait adressée aux morts : *le souvenir reste*. La seconde assurait aux vivants que le temps avait la faculté d'apaiser la douleur.

Je m'étais figuré un processus mécanique et régulier, une sorte de sablier dans lequel le chagrin s'évacuerait grain à grain, jour après jour, jusqu'au dernier. Mais les plaques funéraires n'étaient pas plus dignes de confiance que les horloges.

Plus tard, au collège, j'ai fabriqué une pendule qui ne mentait pas. Elle ne prédisait rien, elle n'affirmait rien, elle se contentait de donner l'heure. J'ai obtenu de l'installer à l'emplacement de sa devancière en ardoise, remisée dans un placard avec ses faux espoirs.

J'aurais tant voulu que le temps s'emballe. Atteindre l'âge adulte à toute vitesse et déjouer d'éventuels plans funestes ; devenir autonome avant que la mort n'ait l'idée de revenir chez nous pour capturer ma mère, le dernier parent qui me restait. Je n'avais qu'une loyauté. Je ne voulais pas être un orphelin que l'on placerait.

XXII.

C'est une ronde. Une ronde pour grands enfants. Vous vous agrippez les épaules et tu suis les consignes : en passant ta jambe droite devant la jambe gauche de ton voisin, tu viens caler ton pied droit à droite de son pied gauche. Ainsi enchevêtrés, vous pouvez y aller. Droite, gauche, droite, gauche : vous vous dandinez en chœur en entonnant la comptine. *Brousse, brousse, j'aime la brousse, j'aime la brousse et la jolie savane. Brousse, brousse, j'aime la brousse, j'aime la brousse et la jolie savane.*

Les vers suivants sont plus techniques. *Y'a des lions* : vous vous penchez en avant. *Y'a des tigres* : en arrière. *Y'a des lé-o-pards* : un coup de hanche à gauche suivi d'un saut vers la droite. *J'aime la brousse et la jolie savane.* Puis vous recommencez, *brousse, brousse*, un peu plus vite à chaque tour, jusqu'au dérèglement des corps, jusqu'à l'explosion du cercle.

Tu es le roi de cette ronde en sandales. Emmenée par tes nouveaux beaux-frères, elle parachève ton accueil dans la famille d'Élisabeth. Ils y vont fort, les salauds, mais tu gardes l'équilibre. Vous vous faites des bleus en pouffant. Tu es si fier qu'on t'appelle *le marié*.

Tu ris à t'en étourdir et chaque coup de hanche fait saillir un éclat d'hier : l'embouteillage à la mairie, où quatre mariages se succédaient ; Élisabeth, calice aux lèvres, avalant de travers le sang du Christ ; tes doigts gonflés par la chaleur au moment d'échanger les alliances ; les gamins couverts de riz ; la dinguerie de tout cet amour ; ta valise écossaise portée toute la journée ; les photos dans le parc de Meung-sur-Loire ; ton application à présenter tes gants trop neufs comme une part de tarte sur le plat de la main ; les rires des cousins qui décident de voir dans tes maladresses des esquisses de sketchs ; l'alternance de chaises en plastique orange et marron dans l'arrière-salle de l'auberge ; la tête de ta mère découvrant, en lieu et place d'une pièce montée, une omelette norvégienne ; l'inépuisable joie des convives ; l'avalanche de soupières, de torchons brodés, de fourchettes à dessert et de mazagrans ; la consternation de ta tante sur la piste de danse, disant *Vous vous êtes pas rencontrés au bal, vous* ; les poursuivants semés dans la campagne après votre départ de la fête ; cette chambre inconnue dans une ferme environnante, prêtée par les parents d'une amie ; votre première nuit ; l'urgence et la patience ; les copains, pas dupes de la toile de tente plantée sur le terrain d'un oncle, débarquant à l'aube et vous tendant, triomphants, un pot de chambre ; dérivant dans le mousseux, cette banane enduite de chocolat qu'il vous faut bien goûter, c'est la tradition ; les gloussements énormes de la troupe ; le cortège de votre rapatriement à Ingré ; la soupe à l'oignon fumante dans le jardin de tes beaux-parents ; et pour finir – *le marié! le marié!* – ton exfiltration à mi-bol pour former cette ronde.

L'envie que cette gaieté tressautante dure toute la vie cohabite avec celle de vous retrouver seuls au monde. Votre malaise nage dans le bonheur, ou l'inverse. Vous craignez confusément d'éparpiller votre amour au contact des autres. Alors, en ce jour de partage, vous avez construit des digues. À l'église, en guise de profession de foi, vous avez revendiqué avec une franchise presque déplacée votre goût du cocon. *Au début de notre mariage*, avez-vous averti, *nous avons envie de nous retrouver tous les deux.* Après avoir appris à vous connaître au milieu d'un groupe, vous avez une intimité à inventer. Exprimés avec maladresse, ce furent vos adieux au Foyer.

Les premiers temps, avez-vous répété, *nous préférons rester tous les deux pour être plus libres.* Parce que vous redoutez qu'il soit source de soucis et de disputes, vous voulez créer *une atmosphère équilibrée* avant de vous préparer à *recevoir* un premier enfant. Ainsi avez-vous annoncé, sous la voûte gothique, que vous ne vous soumettrez pas plus à la nature qu'aux impatiences familiales, et l'orgueil de la modernité a ricoché sur l'eau bénite.

XXIII.

Le vendredi 27 janvier 1978, tu achètes un flacon d'eau de Cologne à 13 francs. Deux jours plus tard, à l'église, vous glissez une pièce de 5 francs dans le panier qui passe entre les rangs, puis tu fais le plein d'essence (80 francs) avant d'attaquer la semaine et de régler le loyer, qui s'élève à 800 francs (tes parents disent encore : 80 000 francs).

Le 12 février, veille de l'anniversaire d'Élisabeth, vous allez au cinéma (17,50 francs). Le 2 mars, vous prenez du foie chez le boucher (2 francs). Quatre jours plus tard, une côte de porc (4,35 francs). Pour le reste, vous faites vos courses au Suma ou à l'Euromarché.

Le 21 mars, il vous faut de nouvelles lames de rasoir (3 francs) et une paire de collants (6 francs). Le 3 avril, vous fêtez le départ pour l'armée d'un certain Miguel (10 francs). Le 20, tu te payes un paquet de chewing-gums à 1 franc. En mai, vous décidez de rafraîchir une table que vous avez récupérée. Vous investissez dans un pinceau, du papier de verre et de la peinture (44,60 francs au total).

Je le sais parce que tu tenais les comptes, au centime près. Ta formation de comptable t'aura au moins servi à ça. Sur des cahiers 21 × 29,7 à petits carreaux, face aux recettes, vos dépenses sont classées en colonnes : alimentation, entretien, habillement, santé, loisirs, voiture, assurances... C'est toute votre vie quotidienne qui apparaît.

Les cahiers que j'ai retrouvés couvrent la période 1978-1982. On y suit un jeune ménage qui s'installe. En décembre 1977, Élisabeth a quitté la chambre qu'elle occupait à la Cité universitaire de Cachan et vous avez emménagé dans un studio à Fontenay-aux-Roses, tout près du siège de Priez, la petite entreprise de couverture-plomberie-chauffage où tu viens d'être embauché.

Mois après mois, vous faites l'acquisition d'ustensiles de cuisine (104 francs), d'une toile cirée (22 francs), d'une armoire de toilette (148 francs), d'une ménagère (291 francs), d'un lit et d'un molleton (569 francs). Et puis, comme tout le monde, vous achetez des Tupperware multicolores (50 francs).

En entrant, vos visiteurs sont attirés par les deux grandes fenêtres. Elles donnent sur une cour d'école. Les récréations rythment les journées de votre immeuble. Chaque sonnerie libère le même bloc d'excitation et d'énergie. C'est une onde de joie nerveuse sans cesse reconstituée.

La fenêtre de gauche est celle du coin cuisine. Là, vous regardez le jour se lever à l'heure où se mêlent les arômes de Nescafé et de chocolat Poulain. La fenêtre de droite éclaire la pièce à vivre. Vous avez placé votre lit juste en face. Vous avez aussi réussi à loger une commode et un secrétaire en aggloméré recouvert de vinyle imitation chêne – deux meubles extirpés de ta chambre d'enfant. Dans un coin, recouvert d'une housse en patchwork cousue par Élisabeth, un matelas trouvé dans la rue fait office de banquette. C'est chez vous.

Oh, vous n'avez pas l'intention de *faire votre vie* en appartement. Vous professez que les hommes ne sont pas faits pour s'entasser dans des cages à lapins. Quand vous en aurez les moyens, vous disposerez d'une maison et d'un potager ; mais pour commencer, ce grand studio vous satisfait. Vous énumérez ses qualités : la vue dégagée, les grands placards du coin cuisine, la baignoire sabot, et, inscrite dans chaque centimètre carré, la certitude que tout cela est provisoire, en attendant mieux. Alors, vous savez vous en contenter. Mieux : vous vous y sentez bien. Tout serait parfait si la voisine de palier n'écoutait pas France Gall à plein volume sans discontinuer. *Si, maman, si / Si, maman, si / Maman, si tu voyais ma vie…*

À la naissance de ma cousine Nathalie, vous offrez des fleurs (28 francs). Pour son baptême : un canard (49 francs) et un pyjama (79 francs). À cette époque, il faut compter un franc cinquante pour un casse-croûte, 2 francs pour un panaché. Vous veillez à ne pas dépenser plus que ce que vous gagnez. Vous vous procurez du tissu (86 francs) pour y tailler un manteau ou un pantalon, de la laine (84 francs) pour tricoter des pulls. Vous faites régulièrement ressemeler vos chaussures (28 francs). À partir d'un détail, j'imagine la couleur des jours : un pain au chocolat, une nouvelle attache de maillot de bain, un foulard en septembre…

Le vendredi, vous longez les haies bien taillées, les pavillons en meulière, vous remontez la rue jusqu'à la cabine téléphonique. À tour de rôle, vous appelez vos parents. Vous dites que tout va bien, vous promettez de venir bientôt, vous vous souhaitez une bonne semaine.

Le week-end du 14 Juillet, vous partez camper en Sologne (83 francs l'emplacement) et tu t'offres un ballon (13 francs). Au retour, tu écopes d'une amende pour excès de vitesse : 205 francs.

Les soirs de multiplex, pendant qu'Élisabeth révise, tu colles ton oreille au transistor. Tu suis l'épopée de Monaco en attendant le grand retour des Verts.

En octobre, tu achètes des gants de sécurité, des mèches bois et béton, des vis, des clés, du dégrippant. Quand tu peux, tu apportes une gamelle au boulot ; sinon tu déjeunes au bistrot. Souvent, à la fin d'une intervention, les clients te glissent 10 francs de pourboire. Le soir, tu inscris *pièce* dans la colonne des recettes. En revendant de vieux métaux, tu récupères 168 francs et tu te payes un nouvel harmonica.

Vous avez des rendez-vous médicaux réguliers – toi chez le cardiologue, Élisabeth chez l'ophtalmo. En décembre, vous devez changer de voiture. Vous rachetez la vieille 4L d'une grand-tante : 3260 francs. Une première série de réparations s'élève à 1489 francs. Quelques semaines plus tard, il faudra remplacer un pare-chocs, une ampoule et le pot d'échappement.

Vous donnez : 5 francs pour les paralysés, 5 francs pour les lépreux. Vous envoyez des chèques, aussi : 100 francs pour SOS Sahel et le CCFD, 200 francs pour le denier du culte. Et viennent les étrennes : 10 francs pour les éboueurs, autant pour le facteur.

Commencée avec un léger découvert, cette première année de vie commune s'achève avec 3 035 francs en banque. Les mois qui suivent, je cherche à repérer des inflexions, des routines qui s'installent, des goûts qui s'enracinent. Les pains au chocolat sont remplacés par des pains aux raisins. Une fois par semaine, tu vas chez le marchand de journaux. Tu lis *L'Équipe*, parfois *Le Point*. Vous sortez toujours aussi peu mais vous aimez vous plonger dans *L'Officiel des spectacles*. Tu investis dans une méthode d'harmonica tandis qu'Élisabeth se met à la peinture sur soie. Vous allez à la piscine municipale et vous envoyez des cartes pour les anniversaires. Tu continues à revendre des métaux.

Je me régale d'incongruités sans lendemain : un paquet de cigarettes, une barre chocolatée Nuts, un *Télé Poche*. Je constate aussi que l'équipement de votre appartement se poursuit : un appareil photo, un chausse-pied, une machine à laver – une petite Calor qu'il faut placer dans la baignoire ; elle brasse le linge mais vous devez essorer à la main. Je connais tous ces objets : je viens d'un monde où l'on compte et où rien ne se jette. Surtout pas ce qui t'appartenait. Animiste de circonstance, je peux toucher ce que tu as touché, et croire qu'il y reste quelque chose de toi.

Pendant les vacances, vous visitez des châteaux. À Paris, vous choisissez Notre-Dame et le palais de la Découverte, puis, comme dans la chanson de Bécaud, vous allez un dimanche à Orly, voir s'envoler des avions pour tous les pays. Vous y avez peut-être attrapé froid : le lendemain, à la pharmacie, tu achètes des pastilles Valda.

XXIV.

Un camaïeu de verts, des arbres en espaliers, une rivière au loin et deux stations-service. Il s'offre tout à toi, royaume des lézards, ce pays de pierres plates chauffées par le soleil. Le vent fait remonter de la ferme voisine le meuglement des vaches, les aboiements d'un chien, une odeur âcre et entêtante de purin.

Tu vois le potager, l'éclat rouge des tomates, les plants de cornichons. Ils sont énormes. Frottés avec vigueur, plongés dans du gros sel, ils seront dès demain noyés dans du vinaigre, garnissant des bocaux sous un brin d'estragon. Tu ne participeras pas à la cueillette ; à chacun sa mission, la tienne est sur le toit.

Les murs que tu surplombes abritent vos vacances. Vous séjournez chez un couple d'instituteurs, Annie et Claude, et leurs quatre enfants, des cousins d'Élisabeth. En deux ans, tu les as croisés quelquefois, nimbés d'une aura de modestie. Tu t'es vite senti à l'aise en leur compagnie. Vaguement libres-penseurs, ils se ménagent des marges et construisent leur destin à tâtons.

La fuite s'est invitée à l'heure du café. Tu t'es aussitôt porté volontaire pour la réparer. Elle a été repérée il y a plusieurs semaines, après qu'un orage a fait valser la toiture. Quelqu'un aurait sans doute pu s'en occuper, mais Annie était heureuse de transformer ton arrivée en aubaine, de te mettre en valeur, et d'effacer chez vous toute sensation de dette.

Vous êtes montés à trois, Claude, l'aîné de ses fils et toi. Ils sont là pour t'aider, pour apprendre, pour bavarder. Vous n'êtes pas très haut, la maison est de plain-pied, mais cela suffit pour être à part, pour s'autoriser, passé les blagues roulées dans la bière, quelques grandes vérités – on ne refait pas un toit sans refaire le monde. Les yeux noirs de Claude pétillent ; son torse cuit se fond sur l'argile.

En bleu de travail et chapeau de cow-boy, tu inaugures la première phase du chantier : le décrapouillage. Tu montres : le soin des tuiles, déposées, triées, brossées, empilées sur le galbe. Le tour de main transmis, l'autonomie conquise, corps et paroles s'espacent, et chacun s'en va transpirer dans son coin.

Il te faut à présent arracher les liteaux et mettre au jour la charpente. Tu te trouves au-dessus du salon, moquette, meubles et rideaux marron, une pièce où, dans quelques années, on m'enverra tuer le temps, toujours la même cassette dans le magnétoscope, une histoire de plongeurs conquérants capables de danser avec un mérou répugnant et de chevaucher des tortues en slip de bain, avant de massacrer, bouteilles jaunes dans le dos, d'adorables requins.

Leurs exploits susciteront chez moi un intérêt limité, mais je serai ébloui par cet univers sous-marin dépourvu de pesanteur, convaincu que si l'on y construisait des toits, il serait possible d'en tomber sans dommage en direction des abysses, la chute devenue glissade par la grâce de l'océan amortisseur.

Au cours de ces heures passées dans ce salon marron, je n'oserai jamais remettre en cause le choix de cette VHS, redoutant une vérité déplaisante, en rapport sans doute avec le titre inscrit sur la jaquette, ce *Monde du silence* auquel je me croirai condamné.

De l'autre côté du couloir, le plus jeune des cousins abordera sa puberté, Vanessa Paradis punaisée sur le papier peint de sa chambre. Ses parents, eux, ne pourront plus écouter *Prendre un enfant* sans fondre en larmes ; sa sœur Catherine se figera d'angoisse dès que retentira une sirène d'ambulance ; sa sœur Marie sera terrassée par le vertige, incapable de monter sur une chaise pour changer une ampoule : le souffle de ta mort n'aura cessé de les atteindre.

Mais jusqu'ici, tout va bien. Tu es là, sur l'échelle, regagnant le sol, un panier de tuiles brisées contre la poitrine. Vous avez bien avancé.

Ces gestes accomplis, tu les tiens de ton père. Entre vous, ce fut une transmission sans mots, par imitation. Si ton père était là, si le travail était achevé, s'il avait vu du toit scintiller l'eau de la Veude, il serait monté en voiture, aurait roulé jusqu'à la rive et se serait garé à l'ombre d'un chemin, il aurait ouvert *la malle*, et après en avoir extrait sa canne à pêche et un vieux seau, il se serait posté au bord de la rivière, sortant du récipient son sachet d'hameçons, son dégorgeoir, et la boîte métallique garnie de terre et de marc de café dans laquelle il conserve des asticots, prêt enfin à s'accorder le seul délassement qu'il connaisse, les yeux perdus dans l'onde, résigné cependant quant au résultat de sa pêche, il n'a jamais rien pris, pas un goujon pas un barbeau pas une carpe.

Tu ôtes ton chapeau. Tu croques un cornichon de l'année dernière. Tu catapultes une blague. Ça te plairait bien, un corps de ferme comme ça. Un chêne comme ça. Une vie comme ça. L'avenir dont tu rêves est un dessin d'enfant : un ciel bleu sur la campagne, une maison, un jardin, trois gamins qui s'égaillent, leur mère sur une chaise longue. Tu agrippes l'épaule d'Élisabeth, vos crânes se rencontrent, vous goûtez l'insouciance de ce moment.

Tout en dents, des lunettes épaisses sous une frange irrégulière, Catherine vous observe sans parler. Cet été-là, c'est une adolescente hyper cérébrale, radicalement rationnelle et désemparée, terrassée par la lourde vacuité de l'existence. Elle n'en dit rien à personne mais elle est assaillie depuis des mois par des pensées suicidaires.

Méthodique, elle s'est donné un an pour trancher la question de savoir si la vie vaut la peine d'être vécue. Les arguments favorables ne se bousculent pas. Mais Catherine vous regarde, encore et encore, et l'amour que vous vous portez sous le soleil de juillet vient de lui offrir une première raison de vivre.

XXV.

En face de ton nom, sur l'annuaire de la chorale, il y a un B.

B comme Basse.

Le premier jour, on t'a proposé de chanter un air de ton choix, c'est comme ça que tu as su. Tu as entonné *L'Aigle noir*. Au Foyer, c'était toujours un succès. À la fin du premier couplet, le chef de chœur était fixé, mais il t'a laissé poursuivre et gagner en assurance, porté par trois rangées de sourires modestes, ne t'interrompant qu'une fois prononcée la supplique au rapace : *Dis l'oiseau, oh dis emmène-moi / Retournons au pays d'autrefois / Comme avant dans mes rêves d'enfant / Pour cueillir en tremblant des étoiles, des étoiles.* Tu as pris place sur la droite, parmi les basses, Charles, Roger, Michel, André, William et Paul – tu as tout le temps d'apprendre leurs prénoms.

À la Villanelle, les débutants sont les bienvenus. C'est ce qu'on t'a répondu, à la sortie de la messe, quand tu as expliqué que tu ne savais pas lire la musique. Tu chantes à l'oreille : tu écoutes, tu répètes, tu retiens. Et puis : tu respires plus profondément, tu te vides de toute pensée parasite, et cet espace en toi s'emplit d'une sensation de liberté. Quand tu chantes à gorge déployée, vulnérable au milieu des autres, tu t'élèves. Les voix se mêlent, les énergies fusionnent et quelque chose de plus grand que vous tous rejaillit sur chacun. Tu repars, gonflé de dopamine et serein. Bientôt, le lundi soir, Élisabeth et sa voix d'alto t'accompagnent aux répétitions.

Le répertoire est une merveille d'éclectisme : Rachmaninov et les Frères Jacques, des psaumes et des chansons à boire, et quantité de succès des vingt dernières années, ceux de Brel, Moustaki, la *Ballade en novembre* d'Anne Vanderlove et tous les tubes d'Yves Duteil. Vous chantez l'éternité des sentiments, les changements du monde aussi : l'oubli du parfum de la terre, le formica, les HLM. Évidemment que ça résonne en vous. Quand tu clames après Jean Ferrat que la montagne est belle, toute la Vanoise défile en Technicolor. Et quand vous promettez que votre *amour qui commence, immense, jamais ne s'arrêtera*, vous vous dites que ces mots ont été écrits pour vous.

Les guitares sentent encore le feu de bois : la chorale est truffée d'anciens scouts. Ils sont devenus ingénieurs, gestionnaires de crédit, technico-commerciaux, fonctionnaires. Ils vivent à Sceaux ou dans les communes voisines, ambiance banlieue huppée. Ils ont presque tous le téléphone.

Au début, ils vous voient comme vous êtes : un petit couple à peine sorti de sa campagne. Qu'elle soit due à vos origines ou à votre jeunesse, votre gaucherie les attendrit. Certains trouvent Mitterrand drôlement intéressant et sont fascinés lorsqu'ils apprennent ton métier. Tu es un spécimen. Le premier prolétaire avec qui ils ont l'occasion de sympathiser. Ils multiplient les attentions et t'entourent d'une chaleureuse condescendance.

Mais quand vous chantez, vous êtes de plain-pied. Vous vous laissez traverser par la même musique, les mêmes émotions, et lorsque vous enchaînez les syllabes sans trébucher malgré le tempo qui accélère, vous êtes tous victorieux. Ensemble. Dans ces moments-là, tu as envie d'étreindre tes voisins. Des milliers de chansons mièvres ont brodé sur ce thème. (Les chansons mièvres disent souvent la vérité.)

Pour vous, cette chorale remplace un peu le Foyer. Vous vous inscrivez aux week-ends de répétitions organisés dans des auberges de jeunesse ou des séminaires désaffectés. Vous voici à un pique-nique. Les hommes portent des chemisettes et des polos ; toi, tu as enfilé un tricot de corps vert amande sur ton jean à pattes d'ef. Assise à tes côtés, Élisabeth arbore un lourd pendentif fait de cuir et de bois ; au cou des autres femmes : des colliers de perles, des chaînes, des médailles. Bermudas en velours et Kickers aux pieds, des enfants courent autour des plaids et des poussettes. Au centre du groupe, votre glacière en polystyrène voisine avec les paniers en osier. Il y a des thermos de café, des briques de jus d'orange, des quiches lorraines et des salades de riz. Tu écales un œuf dur et, au moment de croquer dans une tomate juteuse, tu écartes les jambes et bascules ton buste en avant pour avoir la bouche au-dessus de l'herbe. Tu bois dans un gobelet en plastique orange, assorti aux fleurs qui éclosent sur les fauteuils de camping. Puis tu prends part à une pétanque digestive.

Le 31 décembre, vous réveillonnez tous ensemble. Les paupières fardées de bleu, les femmes portent des boucles d'oreilles à clips. Une barbe embryonnaire camoufle les boutons qui s'éternisent sur tes joues. C'est *à la bonne franquette* mais il y a des huîtres dans les assiettes. Des guirlandes dorées pendent du plafond. Tu as trop chaud dans ton costume en grosse laine. Vous enchaînez les verres et les chansons.

Sur les photos, on ne te voit jamais parler. Tu écoutes en souriant. Ces gens-là prennent la parole sans cette crainte perpétuelle d'être jugé que chacun traîne à Villeneuve. Ils recourent à un vocabulaire plus précis que celui auquel tu es habitué. Pour autant, ils n'ont pas la bouche endimanchée, cela sonne naturel. Même quand ils n'ont rien à dire de particulier, ils sont intéressants. Ils savent recouvrir les silences.

Emmanuèle te raconte avec délicatesse sa vocation d'infirmière. Tu comprends qu'André, son mari, connaît bien l'Afrique. Tu n'oses pas l'interroger, tu as peur de dire des bêtises, mais ça t'impressionne, tu n'as jamais pris l'avion. Et puis il y a Gérard, un grand type émotif. Lui aussi a encore un peu de boue sous ses semelles. Fils d'un minotier du Poitou, il voulait travailler de ses mains, mais ses parents ont exigé qu'il poursuive des études supérieures. Il a si bien obéi qu'il est devenu ingénieur. Chez Thomson-CSF, il conçoit des radars pour l'armée. Mais il est tiraillé. Profondément chrétien, il a mauvaise conscience à l'idée de contribuer à répandre la mort. Parfois, pour ne plus y penser, il boit.

XXVI.

Berthe avait proposé que l'on s'installe dans sa cuisine. Les croquants aux amandes sortaient du four, j'avais hâte d'en goûter un, mais il fallait d'abord que je trouve un endroit où reposer ma tasse, ce qui supposait d'en finir avec ce manège consistant à survoler la table, esquisser du poignet un mouvement descendant puis se raviser et provoquer une nouvelle ascension de la tasse vers ma bouche, comme si je n'avais pas fini mon café.

Coincées entre le bois du plateau et une plaque de verre, des photos en noir et blanc recouvraient toute la surface du meuble. Des silhouettes démodées posaient dans des paysages méditerranéens. Dans cette mise en scène, j'étais incapable de voir autre chose que des clichés : la jeunesse enfuie, le bonheur évanoui. Plutôt que de les placer dans des cadres, Berthe avait disposé ces souvenirs sur sa table. Elle avait fait en sorte de pouvoir s'en nourrir. Seulement, le verre protecteur n'avait pas suffi : les contrastes étaient estompés, les noirs affadis, l'état des images se détériorait et concourait lui aussi à la nostalgie.

Je les regardais une à une, avec l'intensité d'une dernière fois, comme si elles risquaient vraiment de se décomposer sous mes yeux, et je restais avec ma tasse entre les mains, effrayé par tous ces visages du passé qui me suppliaient l'un après l'autre de ne pas les dérober à la vue des vivants. J'ai fini par me lever et déposer ma tasse dans l'évier.

Les croquants aux amandes étaient succulents. Mon appétit semblait réjouir Berthe mais quelque chose la contrariait. Elle en avait un peu honte, mais elle avait passé l'âge de faire semblant, alors elle s'était résolue à me l'avouer : elle avait oublié le motif de notre rendez-vous. Jusque-là, je n'avais pas repéré de troubles de la mémoire chez ma voisine. Je me suis demandé jusqu'à quel point il serait nécessaire de remonter le fil de nos échanges, et si pour elle notre conversation sur les pères était aussi évanescente que les photos au-dessus desquelles nous discutions. J'ai repris un croquant pour gagner du temps.

Berthe se souvenait qu'elle m'avait confié quelque chose d'intime, au sujet duquel je souhaitais l'interroger, mais rien de plus. Les détails précis lui restaient obstinément inaccessibles. Je lui ai rappelé ce qu'elle m'avait écrit quelques jours plus tôt : lorsqu'elle était enfant, il lui était insupportable d'entendre sa mère lui parler de son père. Alors, dans sa cuisine, Berthe s'est mise à rire en silence, dans une économie de souffle et de mouvements, secouant la tête au ralenti, enchantée par ce nouvel oubli qui venait confirmer à ses yeux que quelque chose en elle, quatre-vingts ans après la mort de son père, continuait à résister.

Berthe avait six ans quand son père a disparu, en 1941. Aucun mot n'a été prononcé, mais elle a immédiatement su qu'elle ne le reverrait jamais. L'agent de police venu le chercher avait le visage de la mort. Berthe n'a rien dit de sa certitude, ni au cours des heures qui suivirent, ni plus tard, quand elle fut assignée à résidence puis cachée dans une famille d'accueil, ni après-guerre, quand sa mère guettait son mari parmi les ombres du Lutetia. La fillette ne pouvait pas savoir que son père avait été conduit au camp de Pithiviers puis gazé à Auschwitz ; mais elle savait qu'il était inutile d'attendre son retour.

Lentement, Berthe a fait glisser vers moi le ramequin de croquants, qui peu à peu a recouvert le visage d'un homme, et à l'instant où il s'effaçait je me suis dit qu'elle lui ressemblait. Elle m'a répété ce qu'elle m'avait écrit : elle ne supportait pas que sa mère lui parle de son père. Je lui ai demandé si elle avait compris pourquoi. Elle a dit : Je me suis longtemps posé la question. Avec le temps, on prend sens à soi-même. Maintenant, je crois avoir un peu compris.

Un jour, sous la pression d'une voisine, la mère de Berthe avait accepté de se séparer des vêtements de son mari, elle les avait cédés à des camarades dans le besoin, puis elle avait fait agrandir une photo de l'absent et s'était mise à parler de lui au passé. *Il était beau*, disait la veuve, et Berthe s'agaçait de ces bouffées énamourées, de cette mère *prise dans des sentiments*.

L'éclat de cette formule m'a bouleversé. Depuis la nuit de l'enfance, je m'étais convaincu de l'impossibilité de parler de toi avec ma mère. Nos gorges de pendus, notre tristesse océanique, tout faisait obstacle. En écoutant Berthe, j'ai réalisé que je redoutais avant tout cette obscénité sentimentale, cette nasse d'affects qui nous aspirait sitôt ton nom prononcé.

Ce livre, je crois, nous a permis d'en sortir. Il a offert une assise à nos discussions. Il a justifié des rendez-vous dont la fréquence a entamé la solennité de ton évocation. La quête de dates, de documents et de détails ordinaires a vertébré notre conversation. Au moment d'aborder les questions les plus pénibles, j'ai veillé à nous préserver du face-à-face, préférant le cadre d'une promenade en forêt ou d'un coup de fil impromptu ; j'ai peu à peu dompté ma gêne et ma mère a cessé de se noyer systématiquement dans la sienne.

Regarde-la, dans son jardinet, un fauteuil en PVC sous le cerisier : elle relit, avant de me les confier, quelques lettres de toi puisées dans une boîte à biscuits orange dont la date de péremption, le 4 avril 1980, me laisse penser que tu l'as peut-être tenue entre tes mains. Sur le côté, je repère un argument de vente imparable : *en grande boîte fer familiale comme autrefois* – et cet autrefois est au carré pour moi.

Sous les lettres, se trouve un portefeuille marron. Elle en extrait quelques francs puis une montre à l'effigie du Grand Schtroumpf, dont tu avais fermé le bracelet en plastique vert pomme autour de mon poignet le jour de mon deuxième anniversaire.

Vient un carré froissé, tout petit papier blanc. D'un ongle elle l'entreprend, soulève un coin puis deux. Les yeux se plissent, les joues s'élèvent, la bandelette éclose soudain la fait pouffer : Ah, ça, c'était ton père !

Elle ne dit jamais *ton père.* Il y a du neuf aujourd'hui.

Un souffle fait danser les branches et planer des fleurs roses. Elle me transmet le morceau de papier que je déchiffre à mon tour : *Je soussigné Deslandes Philippe domicilié 19 rue de la Gare à Ingré m'engage en reconnaissance d'une cassette à ne plus traiter Babeth d'emmerdante pendant un an à dater du 23 février 1975 à 18h36.*

Tu vois, tu la fais rire à nouveau.

XXVII.

Concernant la vie éternelle, tu as moins de certitudes qu'Élisabeth ; tu ne te résous pas pour autant au néant. Les dogmes t'échappent mais tu professes le Credo. Depuis le Foyer, l'Église catholique est votre bain, un bain choisi, et vous acceptez à parts égales ses engagements sociaux et sa morale.

Vous ne contestez rien. Vous suivez les préceptes. Jusque dans votre lit. La régulation des naissances est admise, les moyens de contraception artificiels sont exclus, alors Élisabeth prend sa température au réveil, elle consigne les jours de ses règles sur un calendrier de poche, elle surveille son corps.

À la fin de l'hiver 1980, vous vous sentez prêts. Élisabeth a vingt-deux ans, elle achève sa formation de conseillère en économie sociale et familiale. Tu en auras bientôt 27, toujours plombier chez Priez. Votre couple fonctionne, vos carrières s'esquissent, le moment vous semble venu de devenir parents. C'est votre désir et votre joie.

Quatre jours après Pâques, un test de grossesse à 40 francs vous promet un enfant. C'est une nouvelle qu'il faut retenir, tu le sais, et tu te bats, car tu voudrais la crier sur les toits et dans les canalisations que tu remplaces, trompeter dans les tuyaux, les saturer d'allégresse, et que toute la ville en vibre. Vous savourez la simplicité grandiose de ce miracle éternel. Vous aurez un bébé pour Noël.

Est-ce l'agneau pascal, parfaitement rosé sur son lit de flageolets ? Est-ce un fruit que par erreur vous aviez cru lavé ? La sérologie de routine s'avère cruelle : Élisabeth a contracté la toxoplasmose.

Cette annonce vous ampute. De votre légèreté. De votre autonomie, aussi. Elle vous renvoie à l'état de mineurs, patients soumis à l'alliance des blouses blanches, le risque est trop lourd vous comprenez, on n'a pas le choix dans ces cas-là, vous ne pouvez pas le garder.

Élisabeth se ferme. Elle connaît le commandement : Tu ne tueras point. Elle se le répète – papier de verre frotté sur la cervelle. Quelque chose en elle l'empêche de s'attacher à ce qu'elle porte, c'est sans doute une chance. Mais la culpabilité de ce qui vient, ce péché exigé par les médecins, la ronge et s'étend. C'est presque une prière, une prière sacrilège : elle rêve d'une fausse couche, une issue naturelle, tout plutôt qu'une interruption de grossesse déclenchée par des hommes.

Impuissant, tu vois ta femme sombrer dans un malaise glauque, un effroi diffus, une torture intime. C'est un secret, cadenassé par la honte et la peur du jugement. À qui pourriez-vous vous confier ? Vous baissez la tête sous la lumière crue des laboratoires et des hôpitaux. Vous êtes très seuls et tout à fait perdus.

L'opération a lieu. Vous rentrez les mains vides. Élisabeth implore le pardon de Dieu. Et vous n'en parlez plus, comptant peut-être sur le silence pour poncer le malaise, la honte, la culpabilité.

Après : toutes les heures se ressemblent. Vous vous brouillez d'incertitudes. Vous contemplez un cauchemar dont vous ne cessez d'émerger. Vous ne voulez pas sortir de cet état, le seul qui soit supportable, celui où l'on ne sait plus tout à fait, le vrai le faux mêlés. Un temps, votre déni vous dupe. Mais le réel boomerangue. Vous le recomposez. Vous tricotez des uchronies. Et puis vous patientez.

C'est l'exigence des médecins : il faut attendre avant de recommencer. Ce délai imposé vous relève. Il encadre votre peine et vous prodigue un terrain familier, celui de l'attente. Vous y puisez une forme d'élan, cette attente se confondant de façon rassurante avec celles dont vous avez déjà triomphé, aux temps des premiers rendez-vous et des fiançailles puis, à l'aube de votre vie commune, quand chaque journée était jalonnée de mots doux tracés sur les feuillets à petits carreaux d'un bloc-notes à couverture orange. Et tandis qu'une vigueur nouvelle vous habite, la frustration, peu à peu, accomplit son œuvre. Vient le désir de vie, ses listes de prénoms, promesses de vergetures et de nuits sans sommeil.

J'arrive.

XXVIII.

Hissés sur des échasses, en tête de cortège, deux comédiens grimés agitent des rubans. Ils frôlent les bouleaux, terrifiant les mésanges. En robe rouge sang, une collègue les suit, juchée sur un bidon qui roule sous ses pieds. Elle est condamnée au piétinement perpétuel : si elle s'arrête, elle chute et brise la grâce de ce spectacle ambulant. Ses talons inlassables chassent la menace et le rouleau vers l'avant. Le geste est vif, le contact fugace, comme sur des pierres brûlantes, et cette marche inversée t'hypnotise. Son rythme t'aspire et happe les habitants du quartier venus profiter de cette expérience artistique. Vous croisez dans ce parc une sculpture monumentale – tu hésites à y voir un combat de vers de terre. Vous longez des buttes taillées en forme de poires ou de bouteilles de lait. Des tricycles s'échappent, des enfants détalent, mais le gros de la foule se soumet au roulement du bidon. Le landau que tu pousses épouse ce mouvement. Sous la capote de velours bordeaux, je dors. Ta paternité et ce territoire sont des découvertes simultanées.

Vous avez enchaîné deux déménagements en neuf mois. À Fontenay-aux-Roses, votre propriétaire vous a mis à la porte. Il voulait vendre son studio. Vous avez fait vos adieux à France Gall et trouvé refuge avec vos cartons de l'autre côté de la Cité des Paradis, à Sceaux. C'était plus petit. Moins agréable. Désormais diplômée, Élisabeth alignait les candidatures. Le Loiret n'offrait pas de poste à court terme, vous vous êtes fait à l'idée de rester quelques années de plus en région parisienne.

Recrutée par le département des Yvelines, Élisabeth a été nommée à Élancourt, au cœur de cette ville nouvelle de Saint-Quentin extraite dix ans plus tôt des champs de l'Ouest parisien. Vous avez constitué un dossier de demande de HLM, agrémenté de pièces justificatives et de tampons réglementaires. Le 30 avril 1981, vous avez emménagé au 3, résidence de l'Espace. Le 10 mai, la France a choisi un président socialiste. Le 2 juin, vous êtes devenus parents. Ça faisait beaucoup.

Vous êtes tombés sur une ville muette : comme ces prêtres en civil qui se fondent dans le monde, la silhouette des bâtiments ne dit plus leur fonction. Il faut se fier aux écriteaux pour distinguer le gymnase, l'école de musique, le collège, la médiathèque. La police de caractère qui règne ici est ronde et dépourvue de majuscules : tout est moyen. La désorientation, elle, est majeure. La ville n'a pas la forme d'une ville. Elle n'a pas de centre ; le secteur administratif, c'est curieux, jouxte la commune voisine. On n'y trouve pas d'église mais un *centre œcuménique*, à deux pas d'un hôtel de ville futuriste et de la *maison pour tous* – au village, on aurait dit la salle des fêtes.

Décrivant votre nouveau cadre de vie à vos parents, vous avez insisté sur les espaces verts qui ponctuent les quartiers. Il faut être né urbain pour adhérer au slogan municipal de *la ville à la campagne.* Ces carrés de gazon vous soulagent pourtant et posent sur la banlieue un vernis acceptable.

Votre appartement se trouve au troisième étage. Un balcon rond, de la moquette marron, du lino dans les pièces d'eau. Aux murs de la chambre d'enfant, vous avez épinglé un poster de *Bambi* et un long pan de papier kraft sur lequel Élisabeth a calligraphié les paroles de *Prendre un enfant* au feutre vert. Il y a peu de fantômes, ici.

Vous photographiez les vues de vos fenêtres. Tout l'éventail des figures géométriques a été décliné en zones de parking ; vous n'aurez pas besoin de *tourner* pour garer la 4L et la Visa. Des sucettes gargantuesques font office de lampadaires. Une perspective de lignes à haute tension rallie les façades métalliques des Contemporains. Une autre, ponctuée d'arbres nains, rejoint les Nouveaux Horizons. Les noms des résidences charrient leur lot d'espérances.

Votre immeuble est posé sur une dalle où l'on circule à pied. Tout est ouvert, fluide, un univers de transitions douces. Sur place, vous disposez d'une boulangerie, d'une pharmacie, d'un salon de coiffure, d'un marchand de journaux et d'un Franprix. Le caddie du supermarché tient dans l'ascenseur et passe les portes sans encombre ; il glisse dans votre cuisine. Au loin, culmine le sommet aplani d'une colline artificielle. Sous cette masse herbeuse, se fondent les déblais des gigantesques travaux d'aménagement de la ville, les débris d'une casse automobile, une décennie d'ordures ménagères et les vestiges d'une carrière de meulière. Mais qui le sait ? Personne n'est d'ici. Le déracinement est l'expérience commune, agrémenté chez certains d'une pincée d'esprit pionnier.

Les premiers arrivés sont souvent trop jeunes et trop occupés par le présent pour folkloriser leurs souvenirs. Seuls quelques paroissiens évoquent encore les messes célébrées à *Notre-Dame-de-la-Tôle*, une baraque de chantier aménagée en chapelle quand l'antique clocher du village a été débordé par l'afflux de nouveaux catholiques.

Votre irruption parmi eux est à peine remarquée. Vous repérez des visages, sans nouer pour autant de liens plus étroits. Vous hésitez à vous ancrer tout à fait. Faut-il toujours tout recommencer ? Malgré la distance, vous espérez conserver vos amis de la chorale. Il y a trois semaines, Élisabeth allaitait encore, vous les avez retrouvés sur le tournage d'un film. Vous avez chanté *Kalinka*, renonçant à comprendre les péripéties vécues par Nicole Calfan, Aldo Maccione et Fabrice Luchini, mais ravis de pénétrer les coulisses du cinéma. Le clap a fait remonter des souvenirs de scène : la Magie, le théâtre, le Foyer. Tu t'es demandé si les clowns Mic et Mac étaient toujours ramoneurs à Ingré.

Il est temps de rentrer. Tu roules à rebours du spectacle ambulant. Tu empruntes un trottoir roussi et tu contemples ton fils. Le tressaillement d'un poing, une esquisse de succion, une narine frémissante : le moindre signe t'absorbe et t'attendrit. La poignée du landau sous les phalanges, tu marches et tu veilles, échassier personnel du tout petit enfant.

Tu te vois très bien ne faire que cela. Te tenir face à ce miracle : la majesté de l'aiguille du Midi dans une salopette au point mousse. Plonger dans ces pupilles où s'ébauche un père. Et sans cesse observer cette vie qui te transforme. L'histoire de l'humanité pèse quatre kilos.

Tu l'envisages depuis des semaines mais tu en es sûr à présent : lorsque ton contrat s'achèvera, dans deux mois, en même temps que le congé d'Élisabeth, tu t'offriras un long face-à-face domestique avant de chercher à nouveau du travail. À quoi bon cotiser au chômage si l'on n'en profite jamais ?

Tu veux embrasser des lobes et malaxer des cuisses, tu veux chatouiller des voûtes plantaires avec ta barbe, tu veux souffler tout chaud dans le dos. Tu veux donner des bains, ton bras comme un transat, puis glisser un doigt entre le tissu et la peau pour fermer en douceur les pressions du body. Tu veux d'une goutte sur ta main tester la chaleur du lait, tu veux trouver l'inclinaison optimale du biberon. Tu veux, lange sur l'épaule, guetter le rot qui vient. Tu veux rouler encore. Tu veux des hochets baveux. Tu veux la morve et la sueur. Tu veux le talc, la ouate et l'amande douce. Tu veux les moments de rien, tu veux les moments pourris, les pleurs, le froid, la nuit. Tu veux faire l'avion, tu veux coucou-caché, et *À dada sur mon cheval.* Tu veux des câlins collés, des câlins-berceuses et des câlins tête-bêche. Tu veux couvrir des vibrations de ta poitrine toutes les apocalypses du voisin bricoleur. Tu veux redécouvrir le sol, les insectes, le monde – le globe terrestre est un grain de sable. Tu veux le soleil dans tes yeux, corps parasol. Tu veux la caresse du zéphyr. Tu veux ne plus jamais cesser de sourire.

Tu suis ce programme à la lettre et tout redevient neuf. Tu apprends que deux plus un ne font pas que trois : au duo initial ont succédé trois duos et un trio. Ces combinaisons d'amour te débordent. La joie rebondit comme sur les bumpers étoilés du vieux flipper de la rue de la Gare. Et, juste avant son vingt-quatrième anniversaire, Élisabeth constate qu'elle est enceinte à nouveau. Ce n'était pas prévu. C'est Noël tous les jours.

XXIX.

Blandine a de la suite dans les idées : elle a écrit un documentaire sur la liberté des orphelins. Un pot était organisé à l'issue de la projection, hier soir, dans le bar mitoyen du cinéma. Je ne me suis pas senti la force d'y participer. Je devais digérer le film dans la solitude.

J'ai marché au hasard des rues, j'ai fatigué mes talons dans les flaques et, le souffle raccourci, j'ai déposé ma confusion sur les quais de Seine. Des bouillons noirs se sont formés à la surface du fleuve. Hypnose aquatique : tout devenait flou. C'était un honnête miroir de mon état.

Puis le vent levé m'a conduit vers l'attroupement que j'avais fui. J'ai rencontré des orphelins de père, des orphelins de mère, des orphelins de père et de mère – et même quelques futurs orphelins.

Sur le trottoir, j'ai annoncé à Blandine que j'avais mis dans ce texte sa maison bourguignonne. Elle m'a appris qu'elle avait failli la vendre, le mois dernier, avant de se raviser. Je lui ai rappelé sa phrase, *Tout le monde n'a pas la chance d'être orphelin.* J'y ai souvent pensé ces derniers mois, sans adhérer tout à fait à cette vision des choses. Je crois que je continue à me raconter mon histoire autrement. Blandine a avancé son verre et son front : Tu rigoles ? Être orphelin, ça t'a permis d'être toi, d'être un garçon qui lit dans un milieu où on joue au foot et où on boit du pastis…

Les gens autour parlaient fort, elle a fait un pas supplémentaire vers moi : Et puis il y a l'argent ! L'indemnité que ta mère a touchée quand ton père est mort t'a permis de faire des études. Tu n'aurais peut-être pas pu te le permettre autrement.

Elle a secoué ses mèches, bousculant ma cécité. Il faisait très doux, on buvait debout dans la rue, comme en Espagne elle disait, alors qu'il avait plu à verse toute la journée. Elle répétait : On a de la chance, on a de la chance.

Un puissant désir d'ordre m'habitait en rentrant. Je me suis attaqué à une pile de documents. À mi-parcours, j'ai retrouvé la photo. Tu sais : celle où, une bière à la main, tu portes une casquette publicitaire – la pièce maîtresse du procès en beauferie que je t'ai intenté.

Tu vas rire. Cette photo n'est pas tout à fait conforme à mon souvenir. Même pas du tout. Une bouteille de bière est présente, mais posée devant toi, sur une table ronde. Quant à la bedaine bidochonne et à la casquette du Tour de France, j'ai dû les rêver, les prélever sur d'autres images et, dans une torsion accusatrice, les associer à toi.

Pardon pour la méprise, pardon pour le mépris. La photo retrouvée dit une tout autre histoire. Ce plafond bas perforé de puits de lumière te localise sans équivoque. Tu participes, dans la salle commune de votre résidence, à une réunion de la crèche parentale.

En couleur ou en noir et blanc, brillants ou mats, classés avec soin dans leur pochette ou éparpillés au fond d'une boîte à chaussures, d'autres clichés conservés dans d'autres maisons complètent la scène. J'y distingue des voisins, une somptueuse afro, un gros gilet de laine, un boubou prodigieux, un châle sur des épaules, des chemises à carreaux. Sur une diapositive, j'aperçois l'extincteur, la porte des toilettes, une tartine au sol. Au pied d'un duo de bouteilles, Ricard et Guignolet, des coques de pistaches s'amoncellent. Circulent un camembert, un saladier vide, une quiche inentamée, un bavoir en plastique.

Je contemple ce puzzle parcellaire, mouvant, ô combien tributaire de ceux qui ont croisé ta route. J'intervertis des instantanés et les chronologies se recomposent. Tu te lèves, tu pioches un biscuit apéritif, tu te promènes dans les images.

C'est Joëlle qui a eu l'idée de cette crèche. Avec son compagnon, Jean-Louis, elle fait partie des tout premiers habitants du quartier. Ils occupent un appartement de fonction depuis que Jean-Louis a été recruté par la mairie d'Élancourt pour stimuler l'animation culturelle du territoire. Avant, cet amateur de photographie et de pulls sans manches a vendu quelques kilos d'Encyclopædia Universalis et dirigé des MJC.

Joëlle et Jean-Louis forment un couple de cathos de gauche, arrivés ici par hasard mais excités par cet endroit où tout semble à inventer. Ils ont la passion de l'engagement et baptisent d'acronymes plus ou moins poétiques les associations qu'ils créent par brassées. Au deuxième étage du bâtiment numéro 1, leur bibliothèque croule sous les ouvrages reliés. Encombré de meubles en bois massif, leur HLM se donne des airs de fermette bretonne, jusqu'au lit-clos, sur la façade duquel ils ont suspendu une affiche de mai 1981. C'est celle du second tour, *Mitterrand président, de toutes les forces de la France.*

Tous deux militent au parti socialiste, Joëlle siège même au conseil municipal – le premier élu par une majorité de néo-Élancourtois, ceux du plateau. Un mandat a suffi pour faire du village historique, niché dans la vallée, un quartier minoritaire, vestige d'un monde agricole où l'on conduit une fois l'an les enfants des écoles pour qu'ils y découvrent la vie d'antan.

Joëlle, qui était secrétaire, a repris des études pour devenir assistante sociale. Au cours de sa formation, elle a entendu parler du mouvement émergent des crèches parentales : de petites structures de garde animées par des groupes de parents. Elle était enceinte de sa première fille. Elle vous a tous embarqués.

Vous avez recruté une puéricultrice et une assistante maternelle à mi-temps. Angela est hollandaise, Malika vient du Maroc. Couvrant l'ouverture de la crèche, un journaliste d'*Yvelines Nouvelles* a voulu savoir si les origines de Malika avaient pu susciter des réticences chez certains parents. Au contraire, lui avez-vous répondu : elle pourra transmettre un apport culturel différent. Le journaliste n'a pas posé de question sur les origines d'Angela.

Vous voulez faire la démonstration qu'un autre mode de garde est possible, favorisé par l'extension du temps libre. Votre *collectif parents-enfants* a l'ambition de garantir *un climat authentique*. Vous cherchez *un maximum de cohérence, au niveau du vécu*, entre la maison et la crèche. Vous parlez comme des tracts.

Chaque parent doit consacrer trois heures par semaine au fonctionnement de la structure. Le déjeuner constitue un moment critique, qui nécessite un ou deux adultes en renfort. À tour de rôle, Tupperware tièdes dans un sac, cocotte-minute dans un panier, vous livrez un repas cuisiné la veille au soir, dont le menu est censé garantir l'équilibre nutritionnel des enfants. Il faut aussi faire des lessives, et le ménage le soir. Vous avez la naïveté de croire que tous les adultes sont capables de préparer une purée à peu près comestible ou de passer un honnête coup de serpillière.

Tes compétences de comptable t'ont consacré trésorier. Tu recueilles les inscriptions et les paiements. Ton nom, ton adresse et ton numéro de téléphone sont indiqués sur les affichettes placardées dans le quartier. Tu traces des courbes et des colonnes. Afin de suivre *l'évolution du coût de la vie*, il te semble nécessaire d'augmenter les salaires des deux permanentes, et donc les tarifs, de 2 % chaque trimestre.

Angela lit la revue *L'Enfant d'abord* et vous explique qu'il est inutile de mettre un bambin trop tôt sur le pot : pour devenir propre, expose-t-elle, il faut maîtriser un certain nombre de mouvements complexes comprenant un contrôle neuro-musculaire des sphincters. Elle martèle aussi qu'il ne faut pas forcer à manger, ne pas faire de chantage à la privation de dessert, ni supplier d'avaler *une cuiller pour tata* – on n'avale pas pour faire plaisir aux autres. Vous désapprenez ce que vous avez toujours vu faire. Vous en éprouvez une très légère ivresse.

Au cours de ces réunions, parcourues d'un frisson autogestionnaire, vous débattez de socialisation, de développement psycho-moteur, et de l'importance d'une présence masculine. Mais sur le carnet de bord qui consigne jour après jour les jeux, les chagrins, les rhumes, les bêtises, les variations d'appétit et les progrès de chaque enfant, un seul nom d'homme est mentionné : le tien.

J'ignore si le fait que je sois le premier bébé marcheur de la crèche t'inspire une quelconque fierté. Avec Armelle, Pascaline, Delphine et Youri, nous constituons le groupe des grands. Tu nous regardes nous cacher derrière les rideaux et les manteaux pendus aux patères, escalader des poufs et des coussins rigides, goûter à la vitesse dans un trotteur, faire d'un carton une cabane, dévaliser les commodes, nous adonner au lancer de couches, et nous précipiter contre les fenêtres qui descendent jusqu'au sol quand de petits voisins y apparaissent, un babil de bambins s'élevant de part et d'autre de la vitre où s'imprimeront bientôt les traces de nos mains crasseuses. Parfois, je mords. Dans la salle des petits, Steeve et Ludivine achèvent leur sieste, Vanessa sanglote, et Fanny, sur un tapis d'éveil, enfonce ses doigts dans les oreilles et les yeux d'une grosse poupée, lui suce les cheveux puis la tape en riant. Ma sœur possède une bonne nature.

Bientôt vous trouverez que dans les locaux, il fait toujours trop chaud ou trop froid. Vous traquerez les courants d'air et vous maudirez le chauffage au sol. Vous aurez tendance à vous crisper quand retentiront les premières notes du disque de folk occitan d'Angela. Vous serez fatigués par les défaillances de certains parents : ceux qui s'obstineront à acheter des yaourts trop liquides, ceux qui oublieront leur tour de ménage, ceux qui déposeront des bébés contagieux. Vous vous surprendrez à juger ceux qui continueront à exiger *une cuiller pour tata* et ceux qui laisseront un unique gant de toilette sur le crochet de leur enfant plus d'une semaine durant. Après ta mort, des désaccords s'envenimeront, Joëlle et Jean-Louis quitteront la région, et le trésorier qui t'aura remplacé partira avec la caisse, entraînant la fermeture de la crèche.

Mais pour l'instant, vous essayez d'inventer quelque chose, vous êtes tout feu tout flammes, et c'est absolument réjouissant.

XXX.

Trois bougies bleues sur une pyramide de choux à la crème. Fanny, qui vient d'avoir six mois, est couchée. Moi, j'ai la permission de 20 heures : ce soir, c'est fête. Élisabeth a chanté pour toi en déposant le plat en inox sur la toile cirée, tandis que Rox et Rouky s'égayaient dans mon assiette mélaminée.

Dehors, il fait encore glacial. Il y a dix jours, les œufs de Pâques étaient cachés dans la neige. Faute de bottes, tu avais emmailloté mes pieds dans des sacs en plastique orange.

Je touche ces choux durs et mous. Je m'esclaffe, tu t'esclaffes, nous nous esclaffons. Puis, parce que je suis un grand garçon, je t'aide à souffler sur les flammes. On les rallume ?

On les rallume ? a répété une voix au fond du restaurant. Dans ce bistrot kurde du Sentier, j'attendais mon amie Marie. Elle est arrivée emmitouflée dans un chandail bleu layette, les yeux humides. Ça ne lui ressemble pas : d'habitude, elle est en noir. Je lui ai parlé de son chandail et elle m'a parlé de son père. Il était sur le point d'être opéré, à 500 kilomètres de la table où nous avions pris place. Il avait été hospitalisé une semaine plus tôt, après un infarctus, mais elle venait seulement de l'apprendre, presque par hasard. Elle était bouleversée. Parce qu'elle l'avait vu mort. Parce qu'elle avait peur. Parce qu'il n'avait pas pris la peine de la prévenir. Il a prétendu qu'il ne voulait pas la déranger.

Son père a soixante-quatorze ans. C'est un architecte féru de science-fiction et de whisky. Un type bien, dans l'ensemble. Et exigeant. Trois enfants, un divorce, une série de bâtiments. Quand la retraite est arrivée, il a complaisamment suivi sa pente naturelle : le repli sur soi. Les cinq premières années, il a refait le monde sur SimCity. Il a bâti des villes entières, tout-puissant devant son écran, enfin libéré des commissions d'appels d'offres. Et puis il en a eu assez. Il s'est mis à fumer des clopes en attendant son talk-show du soir – ou peut-être la mort, il ne savait plus trop.

Il lui arrivait de sortir, pour faire quelques courses, croiser de vieux copains. Mais il pouvait rester enfermé plusieurs jours d'affilée et passer quatre jours sans répondre aux messages de plus en plus inquiets que ses enfants lui laissaient parce qu'il n'avait pas trouvé l'énergie de recharger son portable.

Un jour, les bruits de la ville l'avaient irrité plus que de coutume, il s'est mis en tête de vivre à la campagne. Il s'est acheté une maisonnette, spartiate, loin de tout. Il a trouvé que c'était quand même très calme et que son talk-show lui manquait. Il a commandé une box Internet. Il n'a pas réussi à l'installer correctement. Il a essayé de joindre le service client. Il a trouvé l'expérience humiliante. Il a dû recommencer. Internet ne fonctionnait toujours pas. À la troisième tentative, il s'est découragé. Il a regagné la ville et son canapé.

Hier, en sortant du restaurant, Marie a resserré les pans de son chandail et pris la direction de la gare. Elle a décidé d'aller voir son père – et tant pis s'il ne parle pas. Elle va lui demander les clés de son appartement pour y faire un brin de ménage et remplir ses placards. Puis elle retournera à l'hôpital. Ils s'engueuleront un peu, c'est peut-être mieux que la gêne silencieuse. Elle lui en voudra d'être comme il est. Entre eux, subsiste un amour rugueux et insatisfait.

Serais-tu devenu ce genre de père-là, assommé par la fin du travail ? Un démissionnaire de la vie sociale ? Tout le monde peut sombrer. Mais contrairement à lui, contrairement à moi, tu n'avais aucun goût pour l'isolement. Retraité, tu aurais continué à bricoler chez tes voisins, chez tes enfants. Tu aurais renouvelé tes adhésions à trois ou quatre associations. Tu aurais tenté de remettre au goût du jour les rallyes en forêt. Tu aurais enchaîné les randonnées. Tu aurais continué à trousser des chansons pour les réunions de famille (il t'aurait semblé que les rires déclenchés par tes trouvailles s'amenuisaient avec le temps, mais tu aurais mis cela sur le compte d'une légère perte d'audition).

Ou alors : votre mariage n'aurait pas tenu. Tu vieillirais seul, dans une baraque que tu aurais eu la flemme d'achever, laissant sonner le téléphone fixe pour échapper à l'épuisant boniment des téléprospecteurs, macérant dans ton incapacité à suivre les dérèglements de ton univers. Il y aurait de quoi. À Ingré, derrière chez toi, c'était un bout du monde. Passé le château d'eau, se succèdent désormais un centre de carrosserie, une clinique vétérinaire, une litanie d'entrepôts, un laboratoire de prothèses dentaires. La gare est fermée depuis longtemps mais le ballet des camions est toujours aussi soutenu devant la maison où tu as grandi. Elle tient encore debout, ton père avait bien travaillé. Mais les pavillons immaculés qui la cernent ont fait d'elle une verrue. Sur la nationale, déclassée en départementale, un kebab a ouvert face au crucifix. Plus loin, sur les souvenirs de la fête de Villeneuve, s'élève à présent un Lidl. Tout change. À Élancourt aussi. La résidence de l'Espace est entourée de grilles. Des petits cons font pétarader des mini-motos. Des adolescentes voilées squattent les balançoires. Et le Franprix du quartier a cédé la place à un temple évangélique. Tu ne reconnaîtrais plus rien, tu ne comprendrais plus rien, et tu le clamerais chaque matin sur Facebook.

J'ai envisagé des dizaines de scénarios alternatifs. Certains d'entre eux s'achèvent sur une maladie. Il faut affronter la souffrance d'un cancer, l'accablement d'un Alzheimer. Chacun de ces récits me dote d'une nouvelle personnalité, affectée par ta présence.

Dans l'une de ces histoires, nous avons du mal à communiquer. Avec le temps, une vague indifférence s'est installée entre nous. Nous nous fréquentons par convention. Mais je ne peux même pas te parler comme je suis en train de le faire. Et c'est un baume pervers.

XXXI.

La façade sans grâce contrastait avec l'élégante devanture noire du rez-de-chaussée, celle d'un caviste spécialisé dans le porto. Sur une plaque, des caractères rouges invitaient à considérer l'édifice avec un peu plus d'égards que je ne l'avais d'abord fait : *En 1702, Nicolas Liévin, architecte juré expert du roi Louis XIV, construisit cet immeuble pour y demeurer.* J'ai reculé pour mieux voir dans cette rue étroite. Mes yeux ont gravi les étages, quatre fenêtres par niveau, rehaussées ici ou là de jardinières desséchées ou de stores un peu sales. C'était donc là.

C'est le trou noir, avait soufflé ma mère lorsque je l'avais interrogée au sujet du lieu de ton accident. Le trou noir dans sa tête, peut-être, mais pas dans ses placards. Dans le bas d'un secrétaire, derrière un épais dossier contenant l'intégralité des brochures de présentation des villages vacances fréquentés en demi-pension depuis le début des années 1980, se trouvait une pochette cartonnée dont l'étiquette portait, tracées au feutre, les cinq lettres composant le mot décès.

À genoux sur la moquette écrue de sa chambre, j'avais tourné des pages. Sur un post-it pâle, le tampon du commissariat des quartiers Archives & Sainte-Avoye, à Paris. Au crayon, le nom de l'Inspecteur principal qui avait mené l'enquête. Et puis, sur un listing, 42 rue Chapon, l'adresse du chantier.

Ce mot, chantier, évoquait pour moi des tas de gravats, des poutrelles alignées, une tour sortie de terre. J'avais imaginé de l'air autour, façon grand ensemble de banlieue, un nouveau monde en construction avec des grues à l'horizon. Pas une rue étriquée du centre-ville.

Adossé au mur d'en face, tout m'a semblé un peu nul. La banalité des lieux, la physionomie de la rue, l'indifférence des piétons. Il n'y avait aucune raison de leur en vouloir, ils ne pouvaient pas savoir. Il eût fallu disposer un bouquet comme on en voit au bord des routes, une photo peut-être, un écriteau. Passants, souvenez-vous ! Ici même, au siècle dernier, un homme est tombé du ciel. Un ouvrier, mort au travail à trente ans. Un mari aimé, le père de deux enfants. Mais personne n'a envie de se souvenir ; personne n'a envie d'habiter sur les lieux d'un drame ; personne n'a envie de saboter le prix du mètre carré.

Je me suis senti si seul avec mon vieux chagrin. J'aurais voulu le découper en menus morceaux, des confettis tristes qui se seraient dispersés au vent, accrochés dans des cheveux, collés sur des peaux, avant d'être piétinés d'impatience et de former un bouchon dans le caniveau. Au lieu de quoi, l'immeuble tout entier restait bloqué dans ma gorge.

J'ai traversé la rue et commandé un porto. Une femme très rousse m'a demandé si je venais de loin. Je n'ai pas su quoi répondre. Elle fixait mes pieds, l'air de trouver ça drôle. Je les ai regardés à mon tour et j'ai mieux compris sa question. Je portais des chaussures de randonnée. En plein Paris. Parce que j'étais venu voir le fantôme d'un chantier ? Parce que cette visite était un Everest ? Je n'avais aucun souvenir d'avoir enfilé ces souliers-là.

Un mois plus tôt, ces mêmes chaussures progressaient sur de la roche ruisselante. Dans la pénombre, trouée ici et là par les faisceaux de nos torches portées en sautoir, notre guide islandais nous rappelait de ne pas lâcher la corde qui courait le long de la galerie. Tour à tour, Zineb et moi traduisions ses propos à notre fils : cette grotte était née d'une coulée de lave, il y a huit milliers d'années. Au-dessus de nos têtes, colonisée par une bactérie, la voûte scintillait.

Nous ne traduisions pas tout. Le guide pratiquait un humour international et saluait d'allusions grivoises les concrétions les plus évidemment phalliques, provoquant quelques secousses sous les casques de chantier orange. L'un d'entre eux vacilla, celui d'une touriste américaine qui en voulant rattraper son couvre-chef perdit l'équilibre et manqua s'empaler sur une stalagmite. Deux compagnes aussitôt la soutinrent comme une pèlerine lourdaise.

Parvenus dans la dernière salle, le guide précisa que nous étions descendus à trente-cinq mètres de profondeur. À son signal, nous éteignîmes nos lampes, plongeant aussitôt dans *les ténèbres immenses*, comme on dit chez Jules Verne. L'obscurité était totale. Nous étions au-delà de Soulages. Au-delà de la matière.

Le noir absolu avait imposé le silence : chacun dans sa doudoune s'appliquait à respirer sans bruit. Je sentais les doigts de mon fils gigoter dans ma main. Je pouvais entendre pulser mon sang. Et j'ai goûté cette épaisseur dans l'invisible que j'ose appeler ta présence.

Je devrais noter tes surgissements dans un agenda. Des éclairs me reviennent : une cantate à Heidelberg, un jardin à Varengeville, quelques déjeuners célestes, un enclos de Rothko, le dôme de Saint-Pierre-de-Rome, les étoiles du Sahara, et, à l'issue d'une longue promenade dans une forêt alpine, la blancheur éclatante d'un cirque enneigé. Dans les instants précieux, un passage s'ouvre pour nos morts et nos dieux.

Quand j'écoute le silence, quand l'harmonie fond sur moi, tu es là.

Si je suis digne de mon humanité, tu es là.

Par le beau et par le bon, tu es là.

Et alors, vois-tu, je suis un être rassemblé.

XXXII.

Ça ne roule pas trop mal ce matin. Carpentier t'a récupéré à Versailles vers 7 heures. Depuis que tu as démarré chez Les Couvreurs d'Ile-de-France, il y a cinq semaines, c'est ton partenaire attitré. Le patron ne vous envoie pas encore *sur du monument historique*, mais pour des couvertures basiques, vous constituez une bonne équipe. Vous avez une petite heure de route devant vous. La journée s'annonce agréable. Le ciel est dégagé et le thermomètre est enfin repassé au-dessus des dix degrés. Dans la camionnette, vous saluez peut-être la victoire d'Alain Prost, ou ce long week-end de Pentecôte qui s'achève. Repos pour vos deux familles, rien de spécial à raconter, alors tu remontes le temps. Le pont de l'Ascension t'avait mené en Touraine, chez Claude et Annie. Les lézards hibernaient encore. Au retour, étape surprise chez les parents d'Élisabeth ; ils étaient tellement contents. Dans les derniers kilomètres, vos récits s'effilochent. Les sens interdits et les freinages intempestifs requièrent une vigilance de chaque instant.

Carpentier se gare enfin. Vous travaillez côté cour. Jeudi dernier, vous avez transporté tout le matériel nécessaire au montage d'un échafaudage *en éventail*. Au bureau, le patron vous avait détaillé son plan : mettre en place des étais dans les tableaux des fenêtres du cinquième étage et sceller des crochets afin d'installer des consoles en suspension au bord du toit. Je ne suis pas très crédible en fils d'ouvrier du bâtiment. Le lexique de ton métier me résiste. J'ai dû chercher des images d'étais et de tableaux de fenêtres pour me représenter l'opération.

Mais peu importe : sur place, votre chef de chantier a jugé cette technique trop risquée. Le bâti est très ancien, les matériaux vétustes. L'immeuble construit par l'architecte du Roi-Soleil est en piteux état. Sous la façade, se cachent de vieilles ossatures en bois, du torchis, et quantité de fragilités indécelables résultant des modifications entreprises siècle après siècle par les propriétaires successifs. Leblondel a préféré établir un ancrage directement sur un montant de fenêtre. C'est du chêne, ça tiendra. Pour fixer les potences suivantes, vous n'aurez qu'à faire la même chose sur les fenêtres voisines, Carpentier et toi, et compléter avec des scellements dans les murs entre deux.

Ce mardi matin, vous êtes seuls sur le chantier. Vous vous attelez à votre tâche. Un ancrage après l'autre, l'édification progresse. Tu t'appliques. À tes débuts dans cette entreprise, ton chef de chantier t'a recadré. Habitué à être rémunéré à la tâche, tu avais l'habitude de travailler vite, un peu trop à son goût. Désormais payé au mois, tu es prié de soigner menus détails et finitions. Tu as envie de progresser. Pour te perfectionner, tu as postulé à un stage de couverture. La prochaine session aura lieu au mois d'août, au centre de formation continue de Saint-Malo. Tu te réjouis de retrouver la Côte d'Émeraude. Tu m'y as fait découvrir la mer, mon tout premier été. Des amis de la chorale vous avaient prêté leur maison de vacances en contrepartie de travaux de plomberie.

Sur ce toit parisien, tes souvenirs et tes projets se mêlent. L'heure du casse-croûte approche, aussi. Mais c'est déjà fini. *Vers 11h45*, peut-on lire dans le rapport d'enquête, *Monsieur Carpentier, qui tournait le dos à Monsieur Deslandes, a entendu un bruit et constaté la disparition de son camarade et de la plus grande partie de l'échafaudage qui venait d'être installé.*

C'est tout. Il n'y a pas d'abracadabra.

La suite, c'est un immeuble en émoi, les secours qu'on appelle, ton corps transporté à l'hôpital. À Élancourt, Élisabeth achève son service à la crèche parentale. Elle traverse la résidence de l'Espace, s'engouffre dans le hall du numéro 3 et monte au troisième étage. Elle déjeune en vitesse. Peu après 13 heures, on sonne. Deux policiers lui annoncent que tu as eu un accident. Ils expliquent qu'ils ont essayé de la prévenir plus tôt, mais que le téléphone était sans cesse en dérangement. Elle fait quelques pas vers le salon, remet en place le combiné en bakélite, il était mal raccroché. Elle retraverse la résidence. À la crèche, elle explique ce qu'elle a compris : tu dois être opéré, on ne sait pas si ce sera long. Malika veillera sur nous après la sieste. Jean-Louis propose à Élisabeth de l'emmener à Paris en voiture. Elle est sur sa lancée, elle préfère prendre le train.

La Pitié-Salpêtrière est un dédale. Il faut monter, descendre, monter encore. Tous ces ascenseurs l'angoissent. Enfin, elle trouve le bon service. Inutile d'attendre, lui dit-on, votre mari est en salle d'opération. On lui parle avec gravité. Elle trouve une chaise au bout d'un couloir. Elle se concentre sur sa respiration. Elle essaye de faire refluer la peur. Elle prie un peu. Elle imagine que ta convalescence sera longue, il va falloir s'organiser. Le personnel hospitalier insiste : il faut rentrer. Alors elle prend le train dans l'autre sens pour regagner sa banlieue.

Sur le paillasson, elle découvre une botte de radis fraîchement cueillis. Les doigts tremblants, Élisabeth compose le numéro de sa sœur. Son corps, qui a compris, est prêt pour les sanglots. Elle dit merci pour les radis. Marie-Odile entend : la peur, le désarroi, l'impuissance. Elle prendra *les petits*.

À 19 heures, coup de fil de l'hôpital. Tournure de tragédie : Venez, madame, votre mari est au plus mal. Cette fois, elle accepte d'être conduite. Mais lorsqu'elle arrive à ton chevet, ton visage est déjà froid.

XXXIII.

Je savais que ça finirait par arriver.

Au téléphone, quand je me suis présenté, c'est la première phrase qu'a prononcée ton ancien chef de chantier. Dans un film, le scénariste aurait mis ces mots dans la bouche d'un parent biologique confronté à un adolescent désireux de connaître ses origines. J'ai songé que je faisais peut-être cet effet-là aux gens que je contactais.

Jacques Leblondel comprenait ma démarche, cela faisait bientôt quarante ans qu'il s'y préparait, mais il avait besoin de réfléchir et de voyager. Il m'a prié de patienter deux mois. Peut-être voulait-il tester ma détermination. J'ai patienté, bien sûr : Carpentier étant mort, ton chef de chantier constituait ma seule piste.

Je me suis présenté exagérément en avance à notre rendez-vous. J'avais mal dormi. À l'étage du café, je me suis installé près d'une fenêtre. Des feuilles tombaient sur les parapluies. Pour me mettre dans l'ambiance, j'ai ouvert un petit livre sur le travail manuel – on s'acculture comme on peut.

Très grand, un pull bleu ciel sous une veste de motard, Jacques Leblondel est arrivé. Je lui ai souri, j'ai parlé d'une voix posée, je voulais qu'il sente que je n'avais pas de haine contre lui. Il s'est lancé : Je suis embêté, la vérité n'est pas tellement agréable à entendre... Honnêtement, votre père n'a pas été très prudent.

Me sont revenues à l'esprit toutes ces scènes racontées par ta mère et ta sœur, fixées dans leur mémoire comme des présages. Ta carrière de gamin casse-cou, les chocs infligés à ton corps, ce mélange de goût du risque et d'inconscience qu'elles décelaient en toi.

J'ai cessé de sourire. J'en ai voulu à Jacques Leblondel de viser si juste. Droit comme un gendarme, il a débité ce récit : Ce jour-là, votre père ne portait pas son harnais de sécurité. Le toit sur lequel il se trouvait était presque plat. À un moment, il a dû descendre sur le plancher de l'échafaudage pour aller chercher des clous ou une planche. L'échafaudage n'était pas terminé, il n'y avait pas encore de protection sur le devant. Et au lieu de descendre bien gentiment cette marche de 50 ou 60 centimètres, votre père a dû sauter, et tout est tombé.

Il a ajouté : Sur mon honneur, je vous assure que c'est ce qui s'est passé.

Je n'étais pas venu dans ce café pour refaire le procès. Pour avoir lu cent fois les constatations de l'Inspecteur du travail et les arrêts des juges, je sais qu'il n'y a que trois certitudes dans cette histoire : 1) Carpentier, qui te tournait le dos, n'a rien vu. 2) Vous avez commis une erreur : le jour de ta mort, l'une des potences a été fixée non pas dans du chêne mais dans de la brique creuse. 3) C'est elle qui a cédé sous ton poids.

À cette liste, on peut ajouter cinq vérités judiciaires : 1) Aucune faute ne saurait t'être reprochée, pas plus qu'à Carpentier. 2) Ton chef de chantier a eu tort de vous laisser sans supervision. 3) Votre employeur aurait dû s'assurer que vous utilisiez bien les harnais de sécurité et que l'échafaudage présentait les garanties requises. 4) En s'abstenant de le vérifier, il a commis *une faute d'une gravité exceptionnelle.* 5) L'accident du travail dont tu as été victime est dû à cette *faute inexcusable.*

J'ai tendu un feutre à Jacques Leblondel et j'ai poussé mon carnet vers lui. Je voulais un croquis de l'échafaudage, et des précisions techniques. Je l'ai interrogé sur sa carrière. À un moment, il s'est pincé les lèvres : Vous savez, j'ai pas eu de père non plus, il n'était pas mort, mais il n'était pas là.

Il m'a parlé de cet homme dont le décès, après un demi-siècle d'éloignement, l'avait retourné malgré tout. Puis il est revenu à toi. Il m'a dit : À l'époque de votre père, les harnais de sécurité étaient trop lourds, trop encombrants, ils entravaient les mouvements. Presque personne ne les utilisait. Votre père n'était pas une exception.

On s'est quittés sous la pluie, devant Saint-Sulpice.

J'ai passé l'heure suivante, cotonneux, dans la salle d'attente d'un cabinet d'ophtalmologie.

Mon tour a fini par arriver. Mes lunettes ôtées, flottant dans le flou, je me suis représenté le daguerréotype dont m'avait parlé mon ami Xavier. Cette photo, une des premières de l'Histoire, a été prise au printemps 1838, en début de matinée. Louis Daguerre avait installé son appareil à la fenêtre de son atelier, braqué sur le boulevard du Temple. À cette heure-là, les rues fourmillaient de Parisiens. Mais sur la photo, à l'exception de deux silhouettes – un cireur de chaussures et son client –, on ne voit personne. Le temps de pose était trop long pour fixer les sujets en mouvement.

La projection d'air du tonomètre m'a fait sursauter. Je me suis soumis aux derniers examens de routine en songeant que tu étais l'un de ces êtres invisibles du boulevard du Temple. Un passant passé trop vite.

Avant de me congédier, mon ophtalmo a déclaré : Vos larmes sont de mauvaise qualité.

XXXIV.

Je suis retourné rue Chapon.

Je devais être troublé la première fois : je n'avais pas compris où j'étais. Je n'avais pas reconnu ce quartier où j'ai pourtant travaillé pendant deux années, je n'avais pas réalisé que j'étais passé devant cette rue, la rue Chapon, deux ou trois fois par semaine à l'heure du déjeuner, peut-être parce que je n'avais jamais relevé le nom de cette voie où mes pas m'avaient mené, deux ans plus tôt, alors que je venais d'apprendre la mort de ta mère et que j'avais éprouvé le besoin de marcher vite, au hasard pensais-je, et d'expulser beaucoup d'air, avant d'aller pleurer dans la solitude et l'obscurité de l'église Saint-Nicolas-des-Champs.

Je suis retourné rue Chapon et, cette fois, j'avais pris la précaution de demander à un habitant pioché dans l'annuaire de bien vouloir me laisser entrer dans l'immeuble. Je lui avais dit que je m'intéressais à l'histoire de ce bâtiment, ce qui n'était pas faux. Il m'a ouvert et m'a laissé seul, il avait à faire. Je suis resté un moment à rôder près des boîtes aux lettres, je ne voulais pas me précipiter. Puis j'ai avancé.

J'ai été surpris par l'exiguïté de la cour, par l'absence de recul dont je disposais. J'ai dû m'enfoncer tour à tour dans chacun des quatre coins pour observer les façades enduites d'un blanc sale avant de me retrouver, au centre de ce paysage encaissé, à tourner sur moi-même et à deviner tes dernières images. Un rideau frémissant m'a immobilisé. Derrière se trouvait peut-être le propriétaire inquiet d'un des vélos rangés sur le râtelier qui occupait une partie de la cour, ou alors voulait-il simplement s'assurer, avant de descendre, que les poubelles étaient bien rentrées.

Je me suis demandé si le quadrillage des pavés, interrompu au centre de la cour par l'aménagement d'une rigole, était le même en mai 1983. Je me suis demandé si la fontaine grise avait un jour servi à arroser des fleurs. Je suis entré dans une forme de recueillement.

Hypnotiquement, mes yeux allaient du dernier étage au toit de l'appentis, sur lequel ton corps a rebondi, puis au sol, où tu as achevé de te disloquer. J'ai essayé de réunir mes maigres notions de physique pour reconstituer en pensée les quinze mètres de ta chute, traçant des courbes morbides à n'en plus finir. Et plus je me sentais honteux et voyeur, moins je parvenais à me détacher de cette vision. C'est alors que, pour la première fois de ma vie d'adulte, j'ai saigné du nez. Mes stigmates dans un mouchoir, j'ai tourné les talons.

Le soir, Zineb m'a demandé pourquoi je faisais *tout ça*. Je lui ai répondu que j'avais éprouvé le besoin de voir ta mort en face. Je crois que j'ai voulu faire en sorte qu'elle ne soit plus une abstraction. Si je peux la voir, je peux la décrire, et alors elle cesse d'avoir le dernier mot.

XXXV.

Au terme d'une carrière honorable, au cours de laquelle il n'aurait raté pour rien au monde un congrès de la Société française d'anesthésie et de réanimation, le docteur B. a été nommé chef de service d'un hôpital parisien. Au printemps 1983, il était responsable de l'accueil des polytraumatisés à la Pitié-Salpêtrière. C'est sa signature qui apparaît sur ton certificat de décès. Au-dessus, en petites lettres irrégulières, cette mention a été inscrite au stylo bleu : *Décédé par OAP lésionnel gravissime sur choc hémorragique.*

J'ai googlé OAP. Œdème aigu pulmonaire. J'ai essayé de comprendre les mécanismes mais trois mots se sont mis à tourner autour de moi, gagnant peu à peu en force et en vitesse, jusqu'à former un tourbillon dont j'étais le cœur. Aigu gravissime choc. Aigu gravissime choc. Aigu…

Je suis sorti. J'ai couru. Je me suis fait un devoir de me vider les poumons et d'être à la hauteur de cette chance inouïe que j'avais de pouvoir les faire fonctionner.

J'ai contacté le docteur B., m'excusant par avance d'une démarche qu'il pourrait légitimement juger bizarre : je voulais qu'il m'explique ce que signifie exactement cette formule, *OAP lésionnel gravissime sur choc hémorragique.* Je voulais qu'il me décrive ce genre de mort.

Il a fait de son mieux.

Il m'a averti, comme si tu étais encore sur la table d'opération et qu'il fallait me préparer à de mauvaises nouvelles, que l'œdème pulmonaire dit lésionnel est une maladie grave, nécessitant une réanimation parfois prolongée avec une létalité dépassant souvent les 20 à 30 %. J'ai aimé qu'il précise *dit lésionnel*, c'était peut-être une coquetterie mais je l'ai pris comme une marque de rigueur.

Il a listé les différents facteurs qui concourent à léser le poumon : la polytransfusion, la libération de substances inflammatoires, l'embolie graisseuse à partir de foyers de fracture – le traumatisme pulmonaire dépendant des circonstances de l'accident. Il m'a parlé de tentatives pour contrôler l'hémorragie et stabiliser la tension artérielle. Je n'ai pas tout compris et les mots aigu-gravissime-choc sont revenus bourdonner à mon oreille.

Dès lors, a repris le docteur B., il est de plus en plus difficile de ventiler le patient avec un respirateur, initialement parce que les alvéoles sont noyées dans l'inflammation, secondairement parce qu'une fibrose pulmonaire se développe, empêchant les échanges d'oxygène et de CO_2 de s'effectuer de façon suffisante.

Je me suis aperçu que je ne savais pas vraiment en quoi consistait une inflammation ni ce qu'était une fibrose mais je ne voulais pas abuser du temps du docteur B. : nous étions en pleine épidémie de Covid, les hôpitaux étaient saturés, il devait avoir des urgences à gérer. Surtout, j'avais l'impression qu'il était arrivé au bout des efforts de vulgarisation dont il était capable.

La nuit suivante, mon sommeil fut agité. Tu as repris les traits christiques de la plaque qui orne ta tombe et je t'ai vu expirer ton dernier souffle. Tu étais crucifié, mais dans une chambre d'hôpital, et d'un coup ta tête et ton torse s'affaissaient. Tu le faisais en boucle, comme un jouet mécanique ou un coucou suicidaire. Vivant. Mort. Vivant. Mort. Un petit téléviseur était suspendu dans un coin de la pièce. On y rediffusait la messe de Pâques célébrée quelques semaines plus tôt à Notre-Dame par un archevêque confiné, et tandis qu'un commentateur précisait : *Jésus est mort suffoqué, comme ceux qui meurent du Covid-19,* tu mourais à nouveau.

Parce que tu as tant aimé l'air libre, parce que partout tout le temps je veux du vent, la suffocation est pour moi d'une intense cruauté. Entre toutes les morts, celle que je voudrais éviter. Entre toutes les morts, celle que je voudrais t'éviter.

Au réveil, j'ai voulu en avoir le cœur net, et j'ai écrit au docteur B. Je lui ai demandé si j'étais fondé, dans mes cauchemars, à te voir mourir par suffocation. Le chirurgien est resté très professionnel : *Pour moi, suffocation implique une sensation d'essoufflement ou de manque d'air. Ce n'est pas le cas pour votre père qui devait être lourdement sédaté donc inconscient. La cause du décès est une insuffisance de la fonction pulmonaire qui ne pouvait plus assurer le transfert d'oxygène vers le sang et l'élimination du dioxyde de carbone.*

J'ai eu envie de l'embrasser.

XXXVI.

Accoudé au rebord de la table, la joue au creux d'une main, James m'observe signer un chèque pour son club de judo. Il trouve ma signature illisible et me prie de la reproduire – en m'appliquant, cette fois.

Au dos d'un ticket de caisse que je m'apprêtais à jeter, je trace au ralenti la série de boucles qui composent mon nom – notre nom – et je lui décris les déformations successives que ma paresse autant que la vitesse d'exécution leur ont infligées au fil des ans. Il écarte mon bras gauche et s'installe sur mes genoux, gigotant d'une fesse sur l'autre jusqu'à ce que sa position lui convienne parfaitement. Je suis heureux de ce câlin qui ne dit pas son nom (c'est aussi une redoutable technique d'immobilisation).

James est intrigué par la façon dont je dessine le D initial, une minuscule dont l'attache finale se prolonge pour servir de support aux lettres suivantes. Il me réclame d'autres tickets, qu'il couvre au stylo quatre couleurs de ses premiers essais. Les lettres de son prénom s'emboîtent, se superposent, on dirait des maquettes d'engins volants.

Satisfait, il veut s'attaquer au nom de famille. Il me demande si tous les Deslandes doivent signer de la même façon. Je lui explique que chacun met dans sa signature un peu de son énergie, de son goût esthétique, de sa personnalité. Il trouve mon D bizarre ; à lui d'inventer le sien.

Tandis qu'il poursuit ses essais, je réalise que je ne connais que ta signature intime : ton prénom tel qu'il figure au bas des cartes postales que j'ai pu consulter. Je ne sais pas à quoi ressemble ta signature officielle, je n'y ai jamais prêté attention, mais je possède quelques documents administratifs sur lesquels elle doit se trouver. Mon fils verrait ainsi les différences. Je l'attrape sous les épaules et le soulève, le temps de m'extraire de la chaise.

À mon retour, James a quitté sa place. Il se tient face à la fenêtre entrouverte, où deux jambes sont venues s'encadrer. Le démontage de l'échafaudage a commencé hier matin et tes confrères viennent d'atteindre notre étage. Tubes, échelles, planchers. Ils évacuent en cadence. Chaque élément prélevé désobstrue notre vue et accroît la clarté de la pièce.

Encore debout, je feuillette un classeur d'archives jusqu'à ce que ton écriture apparaisse. Je m'assois pour mieux voir : d'abord la barre verticale, une boucle vers la gauche, et l'attache qui s'étire en trait. Nos deux D sont identiques. Je souris tout seul. Ma démonstration est tombée à l'eau. Mais cette coïncidence me plaît. Est-ce moi qui signe pour nous deux ? Est-ce toi qui contresignes mes choix ? Je n'ai pas fini d'y penser.

J'invite James à ouvrir en grand les battants de la fenêtre pour profiter de l'horizon retrouvé. Ses mèches ondulent dans l'embrasure. Il goûte au vent les yeux mi-clos. Je le contemple un moment puis je le rejoins contre le garde-corps. Et, du bout de nos index, nous signons dans le ciel.

Cet ouvrage a été achevé d'imprimer sur Roto-Page
par l'Imprimerie Floch à Mayenne
pour le compte des éditions Grasset
en septembre 2023.

Composition réalisée par Belle Page

PAPIER À BASE DE
FIBRES CERTIFIÉES

Grasset s'engage pour
l'environnement en réduisant
l'empreinte carbone de ses livres.
Celle de cet exemplaire est de :
350g éq. CO_2
Rendez-vous sur
www.grasset-durable.fr

N° d'édition : 22 901 – N° d'impression : 102 987
Dépôt légal : octobre 2023
Imprimé en France